洗鉛華

下

可是你的心裡，需要裝的人太多太多了。

七月荔

洗鉛華

目錄

第十一章

一直都是妳

38

「是誰呀？」我還是沒忍住八卦的心情。

華戎舟並未說話，繼續抬步走，我有一種祕密聽到一半抓心撓肝的感覺。

「是我們府上的嗎？」

「是。」

我隨口問的話得到了回答，頓時燃起了興致：「不是翠竹的話……難不成是千芷？」

「不是。」

「那是銀杏？」

「不是。」

「那是誰呀？」我的八卦之心熊熊燃燒。

而華戎舟徹底不理會我漫無邊際的瞎猜了，我自言自語了半天，最後隨口說了一句：「難不成是我嗎？哈哈哈……」

乾笑了幾聲後他還是沒有反應，頓時我感覺好尷尬，這孩子怎麼不接話呢？

「嗯。」

「啊？」我懷疑我聽錯了，他卻死活不吱聲了，不否認也不承認，最後我說得口乾舌燥，只能放棄。

伸手拍了拍他的頭，我半開玩笑地說：「雖然你長得很漂亮，可是姊姊我可不喜歡年紀比我小的啊。」

他沒有回話，我也就沒放在心上，無人再開口說話。

河流水聲不止，月色清輝滿地，我慢慢地有了些倦意，在他背上昏昏沉沉睡了過去。

醒來時我發現我在床上，只是這個房間我似乎不認識。

我怎麼會睡得這麼沉，什麼時候到了床上都不知道？

看到千芷走了進來，我才鬆了口氣，有個認識的人就好了。

「這裡是……」我忍不住開口。

「是華府。」千芷低著頭回話。

原來這是華淺之前的房間，我不認識就有點露餡了。我抬起手裝作頭痛掩飾，後來我發現我這是多此一舉，因為千芷並未在意我的不對勁。

「是華戎舟把我帶回來的吧，我兄長他怎麼樣了？請過太醫了嗎？」說了半天也未聽到回話，我放下手看去，卻見千芷還是低垂著頭。

「千芷？」我疑惑地再次叫她，卻看到千芷眼眶通紅，心裡一顫，語氣也加重了幾分：「好好地哭什麼！」

千芷帶著哭腔說道：「王妃，華……少爺他……他……」雙眼一黑，心狂跳不止。像是預見到什麼可怕的事情，我兩隻手不受控制地發抖，努力握拳遏制住，我咬牙起了身，便推開千芷衝出院子。

外面果然是我來過的華府，只是……所有往來的奴僕都身披麻布。

我隨手拉了一個丫鬟問：「華深呢？」

那丫鬟不敢看我，只是伸手指了一個方向，我一路狂奔過去，完全顧不上千芷的喊聲。

跑到那裡，我卻看到一個……靈堂。

我雙腿僵直，險些被門檻絆倒，隱約聽到華夫人的哭喊聲從裡面傳來：「我的兒啊……」

華深真的……死了？

怎麼會這樣，是因為替我擋了那一劍嗎？

我從未想過這種可能性，因為我中過箭，同樣也是穿透了胸膛，所以，我潛意識裡覺得他定會如我一樣無礙。

可是為什麼我能活下來，他就不行了呢？

追過來的千芷拉住我的衣袖，我甩開繼續向裡面走。

然後我就看到了一具棺材。

不知道我是如何一步步挪過去的，棺材還未蓋上棺蓋，華深的臉隨著我的步子一點點露了出來。只見他躺在棺材裡，身著錦衣，雙目緊閉，臉色青白，如同睡了過去。

腳下一軟，我手撐在棺材緣上，喉嚨一陣酸疼。腦海裡華夫人對我說過的話止不住地迴響：

「妳哥哥雖然人遲鈍了些，但總歸還是真心實意對妳好的……」

「之前有什麼都是先想著給妳留著，連我這個做母親的都沒這個待遇。」

「當年我懷妳的時候，深兒不過五歲，每日都要來摸摸我的肚子，念叨著讓妳快點出來……」

「他一天來看三、四次，還說等妳出生了要好好照顧妳。」

……

往日最讓我不屑一顧的話，如今回想起來，卻讓我心頭像有一群螞蟻在撕咬。這是在作夢吧？

然而撲過來的華夫人打破了我的幻想。

「妳這個賠錢貨，害死了妳哥哥……」

被她撕扯著，我一動未動。

最後還是華相開口了：「來人，把夫人扶下去。」

華夫人的喊叫聲越來越遠，終於消失不見，靈堂越發顯得冷清，沒有人氣。

初次相見時那個端莊大氣的夫人消失了，而原來那個儒雅幹練的華相也像是老了十歲，頭髮白了一大半。

「這不怪妳。」華相拍了拍我的肩膀。「妳母親太過悲痛，說的話不是本意，妳不要放在心上。」

這話簡直比方才華夫人的撕扯還讓人疼。

我木然地看著靈堂，華相的聲音又傳來，帶著讓人胸口酸脹的悲痛：「以前總覺得自己白生了一個兒子，平日除了惹禍，無半點長處。然而現在他不在了，又覺得有人能惹禍讓我收拾爛攤子也挺好的。」

眼眶突然紅了，眼前似是有點模糊，我睜大了眼緊咬著嘴脣，不讓自己發出聲音來。

華相繼續說：「深兒一輩子紈褲無賴，屢教不改，這最後……總算是做對了一件事。」

我看向華相，他眼眶雖是難掩悲痛的通紅，望著我時卻滿是慈愛，我從來都沒有在他眼睛裡看到過這種神色。

「我這些年費盡苦心，不擇手段地往上爬，想著給深兒日後打點好一條路……現在他不在了，我這個宰相的位置也毫無意義了。」

「父親的意思是要重新考慮我之前提的事情嗎？」我開口，聲音麻木到自己都詫異，這真的是我的聲音嗎，怎麼聽著沒有一點感情？

華相伸手輕輕抱住了我，厚掌拍了拍我的背，說：「一直以來辛苦妳了，我的乖女兒，是爹爹……錯了，妳哥哥的性子本就不適合官場，若是我能早點想明白，不貪那權勢，致仕帶你們離開，也不至於落得這個下場。」

我死命咬著嘴唇，嘴唇都咬出血了，頭抵著華相的胸膛，再也止不住眼淚。

這明明是和我沒有血緣的父親和兄長，可為什麼我心裡這麼難過呢？心疼到比上次穿胸而過的箭傷還疼。

「爹爹決定……聽妳的，不做這宰相了……」

昏昏沉沉地從靈堂出來，我還覺得這一切都是假的。

如同行屍走肉一般回到院子裡，抬步邁過門檻時又被絆了一跤，身子如同失去了支柱，像一堆爛泥一樣地癱軟下來。身後的千芷雖沒來得及伸手拉，我也並沒有摔倒在地。

是華戎舟。

他一隻手臂橫在我的腰前，擋住了我將落地的身體。我握住他的手臂站好，抬頭想對他說我沒事，然而張嘴卻是：「我沒……沒有兄長了。」

身後傳來了千芷小聲的抽泣，我的心頭彷彿被挖去了一塊肉，手指也在華戎舟手臂上收緊。

「華淺沒有……哥哥了。」我說完終於忍不住蹲下身來。

可能一直以來壓抑得太久，華深的死如同一把斧頭，剖開了我所有的情緒。我雙手捂住眼睛，就這樣蹲在門口放聲大哭。

這一刻，什麼都和我無關了。

我哭我一直以來委屈卻不能提，我哭華深死了我卻只能想著逼華相去辭官認罪，我哭我自己永遠都是孤身一人，身不由己。

唯一一個對我好的華深，我卻因為偏見，處處對他視而不見。

我口口聲聲斥責牧遙利用仲夜闌的愛肆意行事，我又何嘗不是？永遠都是把自己最壞的一面露在對自己最好的人面前。

如今華深死了，這世間再也沒有那個傻乎乎買著最貴的首飾，然後小心翼翼想要討妹妹歡心的哥哥了。

哭到心口和腦袋同時疼的時候，一個人將我擁入懷中，暖暖的體溫傳遞到我身上，他說：「沒事，妳還有我，我永遠不會離開。」

千芷也撲到我的後背上，抱著我沙啞著聲音開口：「奴婢也會永遠陪在……小姐身邊的。」

我們三個人，如同腳下生了根的石墩，在院門口待了許久。

39

我躲在屋子裡，已經一天一夜不曾下床，不過也沒人會來煩我。

隱約聽到外面嘈雜得厲害，我才坐起身。「外面是什麼聲響？」

「回王妃，今天是……華少爺的出殯之日。」千芷小心翼翼地回答。

「嗯。」我低頭不語，又躺了回去。

「王妃可要起來梳洗束髮？」千芷還是忍不住問了一句。

我背過身去，說道：「我就不去了。」

身後傳來千芷離開的腳步聲，我頭枕著靠枕，眼眶如同被撒了一把鹽，乾澀得生疼。我閉上了眼睛，彷彿這樣就能逃避。

明明一夜未眠，到現在卻還是無半點睡意，又聽到一陣腳步聲靠近。我未動，開口：「我不去前面參加殯禮了，不用再來催我。」

腳步聲停了，不再有響聲，我也就沒去在意。

過了半晌才聽到一道聲音響起：「已經巳時末了，妳怎麼還不起？妳兄長的葬禮妳終歸還是要出席的，不然旁人會如何說妳？」

仲夜闌？

我睜開眼，轉身坐起，果然是他。

他和我對上眼，明顯一愣，帶著些許遲疑：「妳哭了？」

「你怎麼進來的？」我沒有回話，皺眉問道。

我的語氣並沒有惹怒他，他在我床邊坐下，才說道：「今日……我也是受邀而來。」

華深的葬禮自是會邀請許多人。

「誰讓你進我房裡的？」我沒有半點好臉色，現在我頭髮散著，只著裡衣，這院裡的僕人都死了不成嗎？

「阿淺，我是妳夫君，這府裡的人自然不會攔我。」仲夜闌仍是好聲好氣地。是看我可憐，或是對我心裡有愧才這般和顏悅色嗎？那把我當什麼了？

我翻身下床，向外走去。「千芷！」

千芷還沒走進來，仲夜闌就一把扯住了我的手臂：「阿淺，我知道妳此時心裡不好受，要出去妳先束髮穿好衣服。」

我回頭看著他，目露諷刺：「跟你有什麼關係？」

「阿淺。」仲夜闌嘆了口氣，看著我說：「我來接妳回去。」

「回去？回哪兒？你的晉王府？」我看著他冷笑。「回去繼續看你和牧遙郎情妾意，然後我自己躲在院子裡裝作不知？」

「阿淺……」仲夜闌聲音裡帶著幾分無奈。

千芷和華戎舟都應聲走了進來，看到我們後一愣。他們待在門口，千芷似是想退出去，但見華戎舟一動不動，她進也不是，退也不是。

仲夜闌看到華戎舟，皺了皺眉頭，還未開口，我就狠狠地掙開了他的手。我看向千芷開口：「這幾日太忙，倒是忘了宮裡。千芷，妳明日派人去宮裡催上一催，就說……」
我回頭迎上仲夜闌的目光說下去：「這和離的聖旨為何遲了這麼久。」
仲夜闌目光一縮，終於也被我激得面色不善。「妳去宮裡找過皇上？」
「對，現在我和你已經沒有半點關係，明日我會派人去晉王府把我的東西、我的人都接回來，你有什麼意見現在說，日後想必我們也不用再相見了。」我垂眉，扯了扯嘴角，見他不語就越過他往梳妝檯走去。
他移身擋在我面前，似是想伸手抱我。
我還沒來得及伸手推開他，一個身影閃到我面前，生生插到我們中間，一把佩劍出鞘半分置於仲夜闌面前。
「放肆！」仲夜闌開口，眼睛掃過我的衣著。「哪裡來的不懂禮的奴才，滾出去！」
不等華戎舟開口，我先看不過去了，他仲夜闌到底是哪裡來的底氣跑到華府來管我的事？
「華戎舟如今是我的人，輪不到你來下令。」
仲夜闌似乎是想跟我說什麼，但華戎舟還是一動不動地擋在我面前，終於仲夜闌眉宇間染上了幾分怒氣。「讓開。」

華戎舟硬邦邦的聲音響起：「屬下只聽小姐之令。」我來不及開口阻止，仲夜闌就抬手擊向華戎舟。華戎舟並未回擊，只是拿手臂生生擋了下來，自己退了半步，面色慘白。

我心裡一驚，再也控制不住。「仲夜闌，你給我出去！」

仲夜闌身子僵直，一動不動，我揉了揉太陽穴開口：「你現在在這裡胡攪蠻纏是做什麼？既然做了選擇，就不要再左搖右擺，真要等我找人把你趕出去嗎？」

仲夜闌沒有再說話，最終還是抬腳離開了。他走到門口，沒有轉身，開口：「阿淺，既然妳堅持和離，那我便如妳所願。」

我勾了勾嘴角，在他要走遠時才喊：「仲夜闌，你回去給牧遙帶句話，這次，她欠了我兩條人命！」

仲夜闌回頭看向我，目光驚疑不定，我不再理會，命人關了院子。

走到華戎舟面前，看著他臉色慘白，沒有一點血色，我心裡不安，問他：「方才仲夜闌是不是出手太重了，你有沒有傷到哪裡？臉色這麼不好。」

「我沒事。」華戎舟抬頭對我報之一笑，只是太過蒼白的面容還是削減了幾分他的顏色。

「下次若是遇到這種事，沒有我的吩咐你不要妄動，你這並不是在幫我，而是在給我帶來麻煩，我的事我自己能解決。」我還是忍不住說他，這孩子不知道是不是到了叛逆期，這幾次舉動都有點出格。

華戎舟垂下頭，我看不到他的表情，只聽到他「嗯」了一聲。

我轉身往裡屋走去，還是不放心地對他說：「等下你去醫館看看吧，你臉色也太不好了。」

說完，我就和千芷去屋裡面了。被仲夜闌折騰一場，我也無法再躺下去，索性就開始梳洗。

華府的殯禮舉辦了一整天，任外面傳言說我如何鐵石心腸，我始終閉門不出。直到第二天黃昏後，華府才徹底安靜下來。

這幾日翠竹和銀杏都回到了我的院子，我在晉王府的東西也都送了回來。看到躺在首飾盒裡的一個小木匣，我伸出手要去拿，碰到它後卻遲疑了，最後還是沒有動它，任它躺在一堆珠寶裡。

日落黃昏時，我帶上千芷和銀杏，悄悄從側門出了府。

一路駛向華家墓地，那裡已是一片冷清，一座新墳分外醒目。

我緩步走近，千芷和銀杏極有眼色地站遠，沒有靠近。

走到那座新墳前，將提著的燈籠放到了墓碑旁邊，照亮了那前面擺著的幾碟點心果子和墓碑上的字——「華深之墓」。

因他沒有官銜，所以墓碑上只寫了姓名。

我一屁股在墓碑旁邊坐下來，頭靠著冰冷堅硬的墓碑。周圍光影隨著燈籠裡的燭光，不停地一明一暗閃爍，我卻覺得這陰森的墓地並沒有那麼恐怖。

想起來我似乎從未和華深好好地坐在一起說過話，就算後來對他態度稍微好一些，也從來沒有像一個妹妹對哥哥一樣去親近過他。

「哥哥，我來晚了……」

我低聲說道，頭抵著墓碑一動不動。

「不想和別人一起送你，所以我就單獨來了，哥哥不會怪我又來遲了吧？」

清風拂過山崗，這個往日僅憑想像就讓人心驚膽顫的恐怖之地，此時對我來說，卻沒有半點駭人之處。

不知道坐了多久，我再也沒有說話，此時似乎說什麼都太過沉重，說什麼都是無用。

燈籠裡的燭火漸漸燃到了盡頭，火光越來越暗。

我捶了捶有些麻木的腿，提起燈籠起身開口：「我要回去了，哥哥，下次再來看你。」

說來可笑，華深活得好好的時候，我看到他就厭煩。現在他不在了，我卻覺得連這個無回應的墓碑都格外親切。

又伸手拍了拍衣角沾上的草木屑，我轉身抬步正欲離開，腳下不由得一頓。

只見千芷和銀杏的位置，多了兩個人。

千芷和銀杏垂眉斂目，大氣都不敢出。

手裡的燈籠似乎終於燃盡，「噗」的一下火光滅了，這下顯得遠處那個月白色的身影格外顯眼。

仲溪午的便服似乎都是淺色的。

40

見我手裡的燈籠滅了，仲溪午從身邊的隨從手裡接過燈籠，獨自向我走來。

不過十幾步就到了我面前。

「你來了多久？」我下意識地開口問。

「不久，也就半個時辰。」仲溪午開口。

看來我發呆實在太久了，都沒注意到他們那邊的動靜。「你怎麼知道我在這裡？」

「妳向來都是嘴硬心軟，別人以為妳對華深無情，但是他惹禍妳從來都不會袖手旁觀，甚至還為他擋下皇兄的劍，我就知道……妳一定會來這裡。」

仲溪午看著我，目光如同這月色一樣溫柔，只聽他又開口：「我來晚了，淺淺。」

鼻子一酸，不知道為什麼眼淚差點掉下來，我趕緊轉開了視線。「皇上又怎麼會出現在這裡？」

「給妳送件東西。」仲溪午從懷裡掏出了一個卷軸模樣的物件遞給我。我伸手接過來，打開一看——是和離的聖旨。

小心合上卷軸，我才看向仲溪午。「皇上差個太監送來即可，何必親自跑一趟。」

仲溪午看著我，燈籠的火光似乎映紅了他的面容。「是我想見妳了。」

我手指一緊，在聖旨的錦帛上劃出一道痕跡。「皇上這句話太不合規矩了，天色已晚，我還是早些回府裡吧。」

倉促行了一禮，我就越過他往山崗下走去，而仲溪午不緊不慢地跟在我身後，給我提著燈籠。

千芷和銀杏見此也不敢上前，只好和仲溪午帶來的人一起跟在我們身後，保持一段距離。

也不好開口趕人，我就換了個話題：「那日宴席上行刺的黑衣人可有查到？」

仲溪午走到我身側才開口說：「暫無頭緒，刺客後手處理得極為乾淨，被捕的全咬舌自盡了，現場沒留活口，也沒留下半點蛛絲馬跡，不過京城這幾日已經開始戒嚴了。」

「被捕的刺客，衣著、武器全都是統一的嗎？」我皺眉問。

仲溪午的腳步似乎一頓，反問：「妳怎會有如此疑問？」

我腳步未停，開口：「只是那日見到宴席上的黑衣人，配合很是不當。」

半晌後，仲溪午輕笑了一聲，聲音才響了起來：「淺淺，妳向來處變不驚，讓我都止不住佩服。」

這句話太過曖昧，我也不再追問下去，只是回道：「皇上不願洩漏，不說便是，何必拿這種話……來搪塞我。」

然而右手卻被仲溪午握住，我對上他的眼眸，用力掙了掙，他卻越握越緊。

「就算此處無人，你也不能這樣逾矩，你把我當什麼……」我語氣中也帶了幾分惱怒。

「妳不是向來都知道嗎？如今還拿規矩來壓我。」仲溪午並沒有因我的說辭而鬆手。

握著聖旨的左手越來越緊，半晌後我才開口：「皇上這是什麼時候變了目標？」

「沒有變。」

「嗯？」我詫異地看向仲溪午。

只見他目光灼灼。「一直都是妳。」

聽到這句話我下意識地用力想抽回自己的手，這次仲溪午沒有再用力，我順利地縮回了手。

迎著他毫不動搖的目光，我只覺得喉頭發緊，張了張嘴，穩了穩情緒才說：「那牧遙……」

仲溪午眉頭皺了皺問：「為何妳總是會把牧遙扯到我身上？」

我低頭看著地上晃動的光影，開口：「是你說的，你看她的眼神和看我的不同。」

「當然不同。」仲溪午的聲音低低地響起。「因為喜歡而讓我眼神不同的人一直是妳，已經成親還惦記的人是妳，量尺寸做……衣服想給的人也是妳。從一開始，都只有妳。」

手裡的聖旨差點拿不穩，只覺得自己心跳聲太響了，響到我耳中全是「怦怦」的迴響：「我……我可是……」

「晉王妃」三個字沒說出來，我就看到了手裡的聖旨，聲音戛然而止。

仲溪午似是看透了我的心思，開口說道：「怕妳之前會因為身分有負擔，所以現在才來告訴妳，不過聰穎如妳，又何必假裝不知呢？當初不還信誓旦旦拿牧遙做藉口在大殿上婉拒我嗎？」

「既然皇上當時就已經聽出了我的意思，今日又何必前來……」我感覺手裡這道聖旨要被我蹂躪爛了，好像聽說過聖旨是御賜之物，損毀會被重罰的。

「因為我放不下。」仲溪午無視我的牴觸，開口：「所以我還想再來問妳一次，親口問妳，可願跟我？」

心口有些酸疼，我開口：「皇上是在說笑嗎？依你我之間的身分，便是到了現在也是不合適的。」

要我做什麼？跟他進宮做妃子嗎？

「或許現在這個時候、這個地點都不適合說這些，可是我忍不住了，我只問妳願不願。若是妳心裡半分有我，其餘一切都交給我，我會讓妳光明正大地站在我身邊。」

仲溪午開口，眼裡滿是柔和的赤誠，完全沒有我最初見他時的試探和戒備。他右手執燈，向我伸出左手，月光下手掌白皙又骨節分明。「淺淺，一切都有我，只要妳願意，我就在這裡。」

仲溪午的話，還有話裡的感情我都清晰明瞭，可是我能握住這隻手嗎？若我是十幾歲的小姑娘，或者是真正的古代人，我會毫不遲疑地握住，可是兩者我都不是啊。

我現在已經不是做事只憑情感的小姑娘了，我和仲溪午之間隔了太多。先不說他和我價值觀相悖的三宮六院，就是我們現在的身分也存在千重阻礙。我終究嫁過仲夜闌，現在的我，能以什麼身分入宮呢？

仲溪午是喜歡我，可是我不確定長年累月的後宮生活，能讓他的感情剩下多少。

即使是現代社會，實行一夫一妻制，也會有很多離婚的。我不敢想，面對後宮不斷更新的美人，他又能喜歡我多久呢？

迎著仲溪午如同潭水般寧靜溫和的眼眸，我的手越握越緊，指甲幾乎要將自己的手心刺破。

感情若是被時間消磨殆盡，我又該如何自處？我的心思、我願不願意，在這重重困難下，都顯得沒那麼重要。我想走向他，拉住他，可是這起步太難太難了。

空曠的山崗突然響起一陣急促的腳步聲，我回頭看到翠竹帶著淚衝我跑過來跪下，心裡一跳，就聽她說：「小姐……小姐，求妳去看看華戎舟吧……他……他……好多血……」

聽她說出一堆亂七八糟的話，我努力穩住心神，扶起她，開口：「好好說話，華戎舟怎麼了？」

然而翠竹支支吾吾半天，哭著也說不完整，我的心裡越發煩躁，拔腿就走。

走了幾步才想起來仲溪午，回頭看到他還在原地執著燈籠，手已經收了回去，只是看著我，目光未曾改變。

深吸了一口氣，我才開口：「今日多謝皇上前來送旨，其他的事我只當是沒有聽過，日後就……不必再提了。」

說完我行了一禮轉身就走，不敢再回頭看一眼。

第十二章

我向來喜歡忽略他

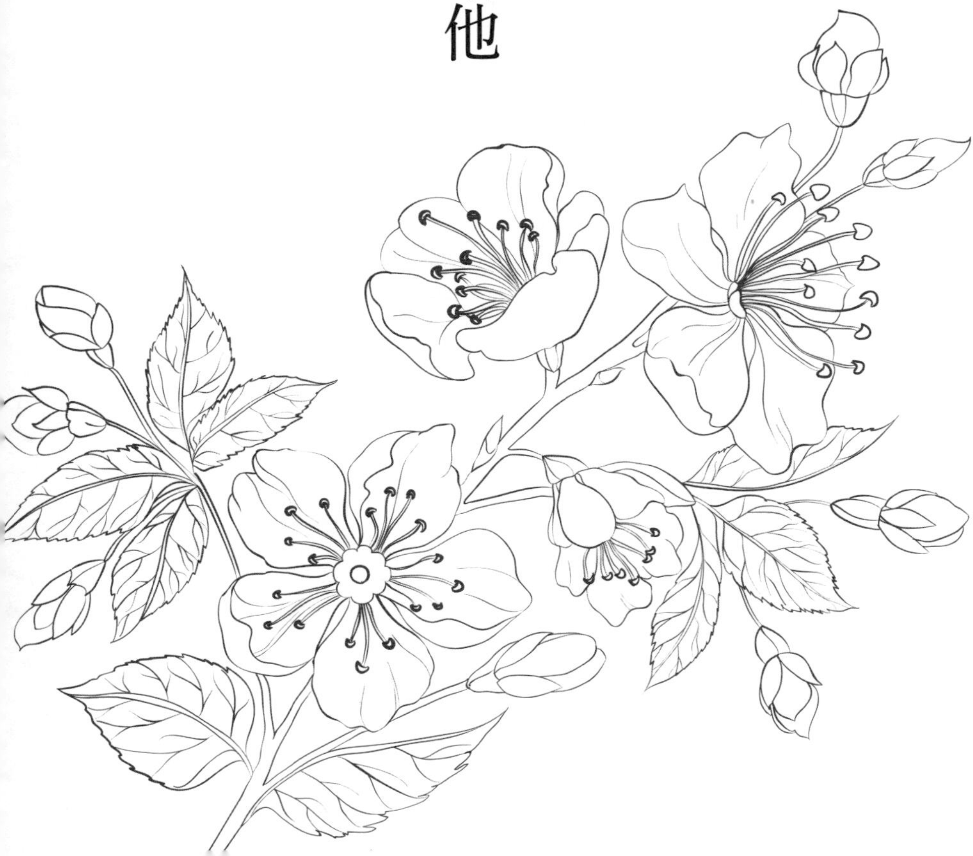

41

匆忙趕回華府，看到一名大夫從我院子裡出來，我拉住了他，問：「大夫，華戎舟如何了？」

那個長著落腮鬍子的大夫對我拱了拱手，回道：「回小姐，屋裡之人並無大礙，只是傷口二次崩裂受了不少苦頭，現下服了藥，已經睡了過去。」

傷口二次崩裂？我暈暈乎乎地看著千芷去送大夫，自己走進了華戎舟的房間。只見房間極其簡單，除了桌椅和一套餐具，再無其他。

走到他的床前，看到他躺在床上，雙目緊閉，眉頭緊鎖，面色蒼白，可以得知他就算是昏睡了也很難受。

我抬手掀起了他的被褥，看到他只穿著褲子，露出赤裸的上半身，腰間已經包紮好，滲出點點血跡的紗布十分顯眼。

「這是怎麼回事？」我皺眉問跟過來的翠竹。

那丫頭終於停了哭泣，才開口：「小姐不知道嗎？」

我皺眉，一旁的銀杏見氣氛不對趕緊接話：「回小姐，華侍衛是那日落崖時受的傷，可能是昨日又接了……晉王爺一掌，才使得傷口再次崩裂。」

「落崖？」我眼睛一縮，心裡突然浮上了一個想法。

接下來銀杏就開口證實了我的猜想——

「那日華侍衛跟隨小姐落入山谷，直到第二日早上才帶著小姐回來，他腰間有一道傷口，大概是掉落時不小心被樹枝劃傷的，他也沒有多說。」

跟隨我跳下崖頂？

腦子裡想起那日在崖底遇見他，他也是一身溼漉漉的，還有在他背上時聞到的血腥味。我當時還好奇他是怎麼那麼快找到我的，後來卻不曾問過。

只因他穿黑衣，那時又是晚上，我竟不曾察覺，還任由他一路背著我回來。

這幾日華深之事如同一個晴天霹靂，我渾渾噩噩的，也無心關注其他，原來那日他竟跟著我跳了下去……

在崖底我睡了過去，後來是如何回的華府，現在也可想而知。一個傷重之人還拖著我，這幾日也是堅持帶傷跟在我的左右……

他說過我向來喜歡忽略他，我還不服氣，現在看來，我還真是沒心沒肺。

華戎舟雙目緊閉，他剛服了藥，一時半會兒也不會醒。我放下了手裡的被子，在床沿坐了下來，銀杏見此就拉著翠竹出去了。

這是我第一次這麼認真看他，一直以來我都把華戎舟還有千芷她們當成弟弟妹妹一樣的存在，所以從來都是把他們護在身後，自己一個人去打拚謀劃。

這次卻發現原來會有人隨我一起冒險……我跳下崖頂時心裡有七分把握，那華戎舟隨我一起跳下去時，他心裡又有幾分把握？

我忍不住嘆了口氣，這個人在睡夢中還是眉頭緊皺，往日如花般嫣紅的嘴唇現在是青白色的。

昨日他咬牙硬接了仲夜闌那一掌，才導致傷口二次撕裂，定是痛極了吧。我事後還怪他擅作主張，他卻不曾為自己辯解半句。

靜靜地坐在床畔，耳邊是華戎舟淺淺的呼吸聲，心裡卻漸漸回暖。

這幾日發生的事情一幕幕在腦海裡閃過，我不能再任自己沉湎下去。因為現在的我，不只是一個人，我的一時懦弱逃避，只會給身邊之人帶來不幸和苦難。

許久之後我才起身準備離開，看他藥效還沒過，那等他醒來再來問他吧，然而我剛站起來，衣服就被扯住。

我回頭看華戎舟還是昏睡的模樣，而我的腰帶卻被他露在外面的手掌握住，應該是剛才我俯身給他蓋被子時，腰帶垂到了他手上，才被他下意識地抓住。

我拉了拉腰帶，他卻沒有半點鬆動，我又坐了回去，嘗試掰開他的手掌，卻也沒有作用。他的拳頭越握越緊，手指甲都快要陷到肉裡面了，像是正在被別人搶走東西。

我只得作罷，放棄了走的念頭，總不能把腰帶解了，衣衫不整地出去吧。我又給他掖了掖被角，就這樣一直坐到了天亮。

半夜熬不住，我便就著床邊昏睡了片刻，睡得極淺，因此華戎舟一動我就睜開了眼。

我抬起頭，正對上華戎舟的目光。他雙眼還有些發懵，應是剛醒過來。我坐直了身子，衝他笑著開口：「你醒了？傷口還疼嗎？」

華戎舟似乎才反應過來，猛地坐起，動作之迅速嚇了我一跳。

我還沒來得及開口，腰上一緊，被他方才的動作扯了過去——因為腰帶還在他手裡。

我急忙伸手，一隻手撐在床頭，左手條件反射地按住了他的肩頭，才不至於因突然的力道整個壓到他身上。只是這一下我離他極近，近到呼吸都能投在彼此的臉上。

他方才剛坐直的身子也被我的舉動按了回去，此時的我用一個如同壁咚的姿勢把他撲倒在床上。

左手傳來暖暖的又十分僵硬的觸感，我才想起來他沒穿上衣，饒是我年齡比他大，此時也有些尷尬，因為這個姿勢太……

努力保持鎮定，我坐直了身子，裝作很自然地把手挪開，然後扯了扯我的腰帶說：「現在可以放開了吧？剛才還沒來得及說就被你扯了過去。」

不管別的，先推脫責任，要不然剛才的情形，太像是我在調戲他了。

華戎舟這次應該徹底清醒了，他像是被毒蛇咬了一樣迅速撒開手，一個翻身就下床跪下，垂首對我說：「屬下罪該萬死，請小姐責罰。」

我想著他的傷就想伸手扶他，但又想起來他沒穿上衣，於是這伸出的手都不知道該扶哪兒了。幸好他沒抬頭，我就把伸到一半的手縮了回來，站起來說：「你重傷在身，不必在意這些，趕緊先回床上吧。」

話出了口感覺有些不恰當，華戎舟還是垂首一動不動，只是身子僵硬得看著像是一個機器人。

我理了理腰帶，才繼續說：「你先穿上衣服吧，我過會兒再來看你。」

不知道是不是我自己的心理作祟，總感覺這話說出來越發不對勁，我也就尷尬地加快腳步離開。

回到自己屋裡，我想上床睡個回籠覺，千芷一邊給我鋪床，一邊回頭咬脣看著我說：「小姐，妳昨日在華侍衛房裡一夜未歸，這若是傳了出去，恐怕有失身分……」

我脫衣服的手一頓，有點好笑地說：「華戎舟因我而受重傷，我就算在他屋裡端茶送水也是應當的。你們對我來說，從來都不是下人，所以日後就不要再說這種話了。」

千芷看著我，眼裡滿是毫不掩飾的感動，我心裡好笑，繼續上床準備睡覺。

然而剛躺了片刻，就聽外面似乎有幾個丫鬟在爭執，我坐起來問：「千芷，外面又怎麼了？」

卻是千芷和翠竹一起進來了。只見翠竹一下子跪下衝我磕頭。「小姐，華侍衛昨日還傷重昏倒，念在他……忠心護主的心意上，妳就不要罰他了。」

我罰華戎舟？

我起身又把衣服穿了回去，然後繞開幾個丫鬟來到外面，就見華戎舟背挺得筆直地跪在院子裡。

我大步走過去問：「你這是做什麼？趕緊回去好好躺著。」

我伸手扶他，卻沒有拉起來，他聲音帶著幾分顫抖地開口：「屬下……冒犯了小姐，請小姐責罰。」

我在心裡嘆了口氣，他怎麼這麼實誠？

「那我命令你起來。」見拉不動，我就站起來吩咐。

華戎舟抬頭錯愕地看著我，見我堅持，他遲疑了一下站起身子。

「跟我過來。」我轉身回屋，他也跟在後面。

到了屋子裡，我讓丫鬟都出去，然後才開口問：「那日你在山谷裡那麼快找到我，是隨我一起跳下去了嗎？」

「是。」華戎舟垂著頭回道。

「那你腰間的傷是掉下去被樹枝劃傷了嗎？」

「不是。」

我疑惑地看向華戎舟，他迎著我的目光回道：「屬下從水裡上岸時，發現了一名黑衣人的蹤跡，我以為是跟著下來的黑衣人，就對他出手，纏鬥時被他所傷。」

黑衣人？

腦海裡閃過一個念頭，我急忙問：「你看到他的容顏了嗎？」

42

「不曾，他戴了面具。」

聽到華戎舟的回答，我也並沒有太失望，這也算是個收穫了。

「那後來呢？」

「那黑衣人似是不欲和我纏鬥，過了幾招後，他趁機劃傷我腰際，就匆忙逃走了。我也劃傷了他的手臂，之後我……憂心小姐安危，就沒有去追。」

傷了手臂？我手指輕輕敲擊桌面，腦子裡思索著。

注意到華戎舟還在一旁候著，我才暫時收了心思。「落崖、受傷，這些事為什麼不告訴我？」

「因為小姐不曾問。」華戎舟看著我，目光澄澈，無半點埋怨。

我心裡一堵，這幾日我自我封閉，不問閒事，難怪他不曾和我說。是覺得若是主動對我說了就是在邀功吧，所以才自己做了那麼多，卻對我隻字不提。

「以後什麼事都要和我說，知道嗎？」我開口。

華戎舟重重地點了一下頭。

我覺得自己語氣有點重，就又補充說：「我總是忙於自己的事，無法顧及其他，我知道你平時話比較少，可是你為我做了這麼多，要學會主動說，要不然旁人怎麼會知道呢？你對我來說很重要，我也從未將你看作下人，所以你大可暢所欲言，我也不會覺得你是在邀功。」

「知道。」華戎舟開口，望著我時目光沉沉，卻又像有雲層翻湧。

「還有，受傷了就好好養傷，不要硬接仲夜闌沒事找事的那一掌，護我之前先學會護住自己，知道嗎？再說我也並不需要——」

「小姐之前就對我說過這句話。」華戎舟打斷了我的話，衝我燦爛地一笑，眼眸裡像是裝了星河一樣閃爍著。「可是我自己想了許久，無論小姐是否需要，我還是覺得小姐更重要一些。我怎麼樣無所謂，就是見不得小姐受半點委屈。」

少年明目張膽的告白，讓我不由得老臉一紅，當即尷尬地笑著回覆：「你……趕緊回屋歇著去吧，這幾日院裡不需要你來看守了，你好生休養，有什麼需要的問千芷要就行。」

無視華戎舟明顯的失落，我把他打發走了。

他難不成真的喜歡我嗎，還是只是忠誠而已？

想起在山谷裡不知道是不是我幻聽的那句「嗯」，我也不由得糾結了片刻，這種事也不能再腆著臉問第二遍。

不過我現在是怎麼了？先是仲溪午，又是華戎舟，難不成我手裡的劇本變成女主的了？

可惜這兩個人……一個後宮佳麗無數，一個年紀太小，由此看來，我的桃花運也沒有那麼好。

搖頭甩走這些雜念，我開始回想方才華戎舟的那番話——谷底、黑衣人……閉上眼睛在腦子裡推算著種種可能性，最終我起身向外走去，再沒了半點睡意。

在華相房裡，我默默地坐在椅子上，擺弄著自己的手指。

片刻後，華相的身影從外面走了進來，端著一壺茶水，滿頭白髮的他看起來再無半點威嚴，隨和得如同一個普通的半老父親。

「這是深兒生前給我拿過來的，他知道我喜茶，就沒少花金銀去買茶葉。為此我訓斥過他許多次，他卻充耳不聞，時不時地給我送過來，妳來嘗嘗怎麼樣。」華相親自給我倒了一杯遞過來。

我伸手接過，手抖使得茶杯和底座一陣碰撞，清脆的瓷器相擊聲響起。我把茶盞放到桌子上，才勉強維持自己的鎮定。

「母親這幾天怎麼樣了？」我低頭問。

華相飲了一口茶水，才開口：「情緒穩定多了，妳沒事可以多去她屋裡看看，妳現在終歸是她唯一的孩子，她清醒了就不會再鬧了。」

胸口疼得感覺自己又喘不上氣了，正當我努力吸氣保持鎮定時，華相又開口：「過些時日，妳哥哥的牌位就送回老家那邊的祠堂了，到那時候我再去辭官，免得族裡那些老頑固見我沒了權勢，就生了別的心思來阻撓我。」

「一切聽從父親安排。」我手指摳著自己的手掌心才能開口回話。

現在對我來說，什麼罪行累累、什麼是非三觀、什麼善惡對錯……都不重要了，我必須將華府完整地護下來，不然胸口燃燒的那把名叫「悔恨」的烈火，遲早會把我焚燒殆盡。

「淺兒有什麼想去的地方嗎？到時候我們不著急回老家，先好好遊歷一番。說起來，當官這麼多年，都不曾單獨帶你們出去，是我之前太忽略你們了。」華相伸手拍了拍我肩膀，和藹地說。

我身子不由自主地一抖，在眼淚出來之前趕緊開口：「父親能不能借我一些人手？」

華相一愣，放下茶盞開口：「淺兒是有什麼麻煩？」

「想辦一件事，可惜手裡能用的人太少。」我回道。

「什麼事？告訴我，我可以來幫妳——」

「父親，這件事我想自己做。」我打斷了他的話，回道。

華相也就不再堅持。「這府裡之人妳隨便調用，不必和我言說，有什麼解決不了的來告訴我就是。」

「多謝父親。」我起身行了一禮。

這件事必須由我來做，華深因護我而死。在華相辭官之前的這段時間，我必須給華深討個公道。

得了華相的指令，我當即就從華府侍衛中抽出來六個機靈的，對他們說：「你們幾個輪流守在晉王府周圍。兩件事，第一是著重留意牧側妃的一舉一動，她出門你們就跟上，但不要打草驚蛇，她見了什麼人只需要回來告訴我即可；第二是看有沒有人夜探晉王府，如果有，就打聽出此人下落，再回來稟告我。」

六個侍衛拱手應和。

我又不放心地加上一句：「若是你們被發現了也無妨，就直說自己是華府侍衛，受我命令監視牧遙。」

六個侍衛對視一眼，也沒有多問，一起回道：「屬下知曉。」

我便擺手讓他們下去了。

現在只需要等那人露出蹤跡即可，仲溪午也說過，這幾日皇城戒嚴，行刺的黑衣人一時半會兒逃不出去。

我派去監視的侍衛即使能力不濟，被發現也無所謂，他人只會以為是我出於女子的妒忌，不甘心才有此舉。

那日在山崗處見仲溪午，他分明是知道什麼卻沒有提及，所以我這邊也不用乾等，進宮打探一下消息也好。畢竟皇宮裡的一舉一動，可是會引發無數的風吹草動。

我轉頭對千芷開口：「等會兒往宮裡遞個拜帖，就說我明日進宮向太后謝恩。」

千芷點頭應下離開，我又對銀杏說道：「妳幫我找一下之前太后在成親後給我的鐲子，現在我已經和離，有些東西也該還了。」

銀杏點頭後就轉身去梳妝檯翻找。

無論如何，這次行刺的黑衣人、幕後的所有主使，我都一定要找到。

給自己留三天時間去悲天憫人已經足夠了，如今的時間那麼寶貴，我可不能再浪費下去。

進了太后宮殿，她還是一如既往地面容淡淡難辨喜怒，我俯下身子行了一禮，太后的聲音才響了起來。

「起來吧，這幾日不見，看著妳消瘦了許多。」太后身邊的蘇姑姑伸手把我扶了起來，我就勢在太后身邊落了座。

抬手從千芷手裡接過一個木盒，我又起身開口：「太后娘娘，此番進宮除了謝恩，也是來歸還這只手鐲，我終歸是辜負了太后的一番心意。」

太后並沒有接我遞過去的木盒，半晌後她的聲音響起：「給妳的就是妳的東西了，何必再來還我。」

我還是保持著遞送的姿勢一動不動。「這是先帝給太后娘娘的鐲子，臣女一個外人不敢收，也不該收。」

見我態度不卑不亢，太后最終伸出手，拉住了我的手腕，我抬頭對上她的目光，她眼裡比方才溫和了許多。「什麼外人不外人的，縱使妳和……闌兒無緣，也不必和我見外。」

見太后執意不收，我才把鐲子收回來。太后拉著我的手未放：「成親以來，妳的種種表現我都看在眼裡，我知妳明事理、知進退，是闌兒沒那個福分，你們才到了這個地步。我也不是那種愚昧的婆子，只會偏向自己的孩子，所以日後妳也不必同我疏離，想來這宮裡就過來看看我，省得我一個人冷清。」

我點頭應下，這太后言辭裡倒是情真意切，沒有半點旁人的小心思和算計。

「妳父母可還安好？前段時間的刺客也太猖狂了，公然行刺，半點不把皇室放在眼裡，終究是我們連累了妳兄長。皇上這幾日為了追查也是寢食難安，看著似是消瘦了不少。」太后狀似無意地提起，我斂眉垂首，置若罔聞。

太后見此就又開了口：「說起來，前兩日我差點把下旨這事給忘了，等想起來時，卻聽說皇上那邊已經下了旨。」

這要是再不說話就有點過分了，我開口回道：「多謝太后惦念，是我託人往宮裡捎了信，皇上才想起來下旨的。」

太后的目光在我臉上轉了一圈，我裝作不知，她又說：「這幾日皇上為了刺客之事忙得連這後宮都極少來，連我都極少見到他。前日心裡惦記，派人給他送了些吃食，結果卻撲了個空。皇上向來穩重，也不知是為了何事，不知會哀家一聲就悄然溜出宮去。」

「若是前日黃昏時刻，那皇上是去尋臣女了。」我開口。太后略顯驚訝地看著我，似是沒想到我會這麼直接地承認。

我無視太后的驚訝繼續說下去：「皇上體恤臣女兄長新喪，又看在我父親的面子上，特親自前往送旨。」

太后沉默了片刻才開口：「皇上這次行事失了體統，妳也不要放在心上，以後我定不會讓他再去擾妳清淨。」

我心裡一沉，太后已經說得十分清楚了，我還能裝作不知嗎？

「太后娘娘，等宮宴行刺之事水落石出後，父親就會辭官歸鄉，我也會一同回去，怕是此生都不會再回京城。」

太后眼睛快速地眨了眨，似是沒有反應過來：「為何？」

我垂頭摸了摸手裡的盒子，開口：「這京城是……兄長長大的地方，無論是對我還是對我父母，久待都不是一件容易的事情。」

太后愣愣地看著我，我始終淡笑回應，只聽她嘆了口氣：「也好……這樣也好。」

說了片刻，我起身告辭，才轉身就聽到太后的聲音傳了過來，帶著些許愧意：「妳不要……怨我，皇家向來重面子，若是鬧出兄弟鬩牆這種醜聞，恐怕我也……

無法保妳了。」

腳如同踏在寒冰之上，全身血液都被凍僵，我轉身對著太后跪下，重重地磕了三個響頭。「臣女知曉，多謝太后提醒。」

出了太后宮殿，站在太陽下，我卻還是感覺全身發冷。當初就知道會很難，卻沒想到還沒開始就已經這麼難了，更是讓人不敢有半點念想。

「小姐……」身旁的千芷忍不住開口。想來我的臉色定然很差，所以她眼睛裡全是擔憂。

我扯了扯嘴角，還未開口就聽到一道聲音：「又見到晉王……華小姐了，可真是湊巧。」

這麼明顯的口誤忍不住讓人側目，我轉頭就看到戚貴妃一身錦袍向我走來，臉上妝容精緻，更顯得容光煥發。

「確實是巧，似乎每次進宮都能見到戚貴妃呢。」我回答。

戚貴妃一愣，馬上恢復如常的笑容。「這就說明我和華小姐有緣分呢，難怪我第一次看到華小姐就感覺十分合眼緣。」

這示好也太明顯了吧？

戚貴妃不在乎我的冷漠，繼續說道：「我這個人向來有一說一，若是華小姐日後能常來宮裡，就多去我那裡坐坐，我也能多個聊天的人，在這宮裡不至於太冷清。」

後宮那麼多人卻還覺得冷清？

我手指輕輕拂過手背，才開口：「說起來，我見戚貴妃也格外親切，之前幸得貴妃相邀，不知今日可有幸去貴妃殿裡一聚？」

戚貴妃愣了愣，似是沒想到她的客套之詞我會當真，當下也不好拒絕，就側身領我一路前往她的宮裡。

「華小姐這段時間都在忙什麼？」路上為了不讓氣氛太冷落，戚貴妃刻意尋找話題。

「沒什麼，只是在追查害了我兄長的凶手罷了。」我淡淡地回答。

戚貴妃頗為驚訝地看著我。「這不是京兆尹應做的事情嗎？怎麼華小姐也插手進來？」

「官府查案處處受制，不如自己查快，再說那刺客當時的目標是我，我可不能這樣放過。」我狀似無意地開口。

戚貴妃呆了片刻，看著我的眼神有了幾分探究，她說：「華小姐果然是巾幗不讓鬚眉啊。」

手一瞬間握緊，連呼吸也無法保持順暢，就在我拚命掩飾自己的異常時，仲溪午的聲音傳了過來：「妳們怎會在一起？」

只見仲溪午的身影從遠處出現，後面跟著一群公公。

戚貴妃極有眼力地行禮，我僵硬著身體也行了一禮。

仲溪午的目光掃過我，看向戚貴妃：「妳們是要去哪兒？」

戚貴妃恭恭敬敬地回答：「回皇上，臣妾方才偶遇華小姐，一見如故，便邀請華小姐前去宮殿一敘。」

仲溪午眉目冷淡地開口：「朕和華淺有事相談，妳先下去吧。」

戚貴妃並不見半點惱怒，笑吟吟地回道：「那臣妾就先行告退了。」

戚貴妃的身影走遠，仲溪午才看向我，目光多了些許柔和。

我這時才找回自己的聲音，開了口：「皇上在哪兒找的這麼知進退的貴妃？這麼不爭不搶，這麼恭順賢良。」

仲溪午眉毛挑了挑才開口：「妳這是在嫉妒嗎？」

心裡煩亂，我也不欲多說，轉身就想離開，仲溪午卻側身擋在我面前。「聽說妳來了，我放下公務就來尋妳，怎麼妳一見我就要走？」

「皇上若是要見我，我在太后宮裡待了一個時辰怎麼也不見皇上前來？偏偏我和戚貴妃剛走到一起你就出現，這是什麼緣故？」我後退一步開口。

仲溪午皺眉：「妳是受了什麼氣嗎？」

我深吸了口氣冷靜一下，才開口：「是我放肆了，請皇上恕罪。」

44

我無意多說，便想繞過他，而仲溪午並沒有就此讓我走。

他跟著我，面容看起來的確有點疲憊，卻還是勾唇淺笑著說：「淺淺，這段時間一大堆事兒都堆積著，我好不容易才抽出時間來尋妳，妳就不要再推開我了，行嗎？」

宮人們早就很有眼力地站遠，這種識趣的舉動卻刺痛了我的眼。「我以為那天我說的話已經夠清楚了。」

仲溪午看著我，眼裡並沒有惱火。「我已經等了這麼久了，不介意再多等妳一些時間，等妳能夠接受我。」

「皇上，你總是把問題想得太簡單，我們之間可不是只要你情我願就可以的。」我回道。

仲溪午的表情有些忍俊不禁，說：「妳現在的意思是說一個帝王想法簡單？」

知道他故意曲解我的意思，我不再多言，加快了步子。他也不介意繼續跟著，對我開口：「淺淺，妳對我也是有意的不是嗎？我知妳一向憂慮過重，不過那日我說的話還作數，妳可以隨時轉頭來尋我。」

「我說過了不需要——」

「妳現在說什麼我都不會聽的。」仲溪午打斷了我的話。「淺淺，妳只要知道我一直在等妳。」

迎著仲溪午彷彿能溺死人的眼眸，我只覺得心底發苦，最終倉皇而逃。

回了華府，我開始閉門不出，直到一直監視晉王府的侍衛傳來了消息，說是看到一個人影出入晉王府，行蹤頗為隱祕。

這人在和晉王府隔了一條街的地方才大意露出了蹤跡，還好侍衛警惕，只覺得那人突然出現得莫名其妙，才留意上了。

我當即就組織了浩浩蕩蕩的一隊人馬，出發前往東城山腳下——那裡是唯一一個能離開京城而不受盤問的出口，也是侍衛口中說的那名黑衣人的去向。

不出意外地等了約半個時辰，就看到幾個人影經過，只是都遮去了面容，我當機立斷喝斥：「拿下！」

那幾個人似是沒想到這裡會有人守株待兔，慌忙之中亂了陣腳。再加上我帶的華府侍衛少說也有一百人，那四個人寡不敵眾，漸漸落了下風。

其中一個黑衣人終於忍不住了，衝我吼道：「好妳個華淺，妳當真是要我的命嗎？」

我充耳不聞，對偶爾路過的行人報以微笑：「我們府裡的僕人逃了，是在抓逃奴呢。」

行人雖半信半疑卻也沒有插手，四個黑衣人身上漸漸帶上了或大或小的傷痕。

剛才那個黑衣人又開口：「華淺，誅殺他國皇子，這罪名妳擔得起嗎？」

「皇子？」我掏了掏耳朵問：「哪個皇子？」

那個黑衣人忍無可忍，終於破口大罵：「我是伍朔漠！」

我冷笑著扯了扯嘴角。「大膽奴才，使臣一行早就離開了京城，竟敢冒充他國皇子，給我狠狠地打！」

伍朔漠就算武功高又如何？他們只有四人，還到不了以一敵百的程度。

怪就怪他太大意，以為真的無人知道他的蹤跡，所以才這般放鬆了警惕。更何況在這京城裡，他也不敢大肆張揚呼救，他的身分若是暴露，指不定就上升到外交問題了。

我敢肆意抓人，他卻不敢呼救，所以他才會捉襟見肘地落了下風。

一旁的侍衛長有些憂心，靠近我開口：「小姐，這鬧得越來越大，恐怕會不好，若是驚動了京城裡的……」

我不慌不忙地回道：「就是要鬧大一點，我還嫌不夠大呢。明日去宣揚一下，最好鬧得人盡皆知，就說華府在山腳下抓了四個逃奴。」

侍衛長遲疑了一下，卻不敢多言。

眼見那四人都去了半條命，我才開口叫停，命人將他們圍了起來。

我靠近了些才開口：「若是現在束手就擒，我便就此停手，咱們有話好商量，不然……不死不休。」

三個黑衣人一同看向中間那個一直說話的人，那人猶豫了很久，才丟掉手裡的佩劍。侍衛一湧而上，把他們綁了起來，押到我面前。

我伸手挑開他的面具，伍朔漠那張臉就露了出來，看著我咬牙切齒。我輕笑開口：「好久不見啊，大皇子。」

第二日，如我所料，京城裡傳遍了華府追逃奴的事情，連仲溪午都派人來問了一下，我隨便找話搪塞了幾句，他也就不再過問。

柴房裡，我坐在凳子上，伍朔漠被捆著丟在地上，看著如同一條扭曲的毛毛蟲。

「華淺，我真是低估了妳的狠辣程度。」伍朔漠瞪著我開口。

「狠辣？」我挑著眉頭看他。「只許你宴會屠殺，不許他人反抗嗎？」

伍朔漠的面色變了變，開口：「妳是怎麼知道的？」

我沒有說話，走到他身邊，把鐲子扭成小刀，劃開他胳膊上的衣衫，一道刀傷映入眼簾，明顯不是新傷。

「山谷下面的人果然是你。」我手裡玩著刀子開口。

伍朔漠盯著我開口：「我問妳是怎麼知道的！」

「我是怎麼知道的？應該說，是牧遙出賣的你？」我歪著頭看向他。

只見他面色一變，卻又瞬間恢復如常。「我不知道妳在說什麼！」

我輕嗤一聲：「可真是讓人感動的深情啊，不知道牧遙知道了會不會感動呢？你說我給她送個什麼禮物能讓她一下子認出來是你，是手指、耳朵，還是眼睛？」

我一邊說一邊轉著小刀，目光在他身上掃來掃去。

伍朔漠被我氣得雙目通紅。「妳這個毒婦！」

我走到他面前蹲下來。「要不還是舌頭好了，反正你這張嘴裡也吐不出象牙。」

伍朔漠身子一退，躲開了我伸出去抓他臉的手，衝我吼道：「妳有什麼衝我來！」

我皺著眉裝作不解。「我現在不就是在衝你去嗎？我要割的舌頭是你的，剁的手指是你的，戳的眼睛也是你的啊。」

我看過的小說裡，華淺從勾欄裡逃出來後黑化了，變得有些神經質，我覺得應該就和我現在做出來的模樣差不多。

伍朔漠閉上眼睛，似是在忍耐，許久之後才睜開眼看我。「華淺，妳不是說我束手就擒就有話好商量嗎？」

我收回了刀子，也收起了自己的笑臉。「你有給過我好好說話的機會嗎？」

「宴席上殺了妳兄長的……不是我的人。」伍朔漠不等我問，就先開了口。

「那是誰？」

「我不知。」

我輕笑一聲：「也就是你的人裡混進了別的人？」

伍朔漠低頭說：「對。」

「那你行刺的原因是什麼？」我瞇眼開口。

伍朔漠嘴唇動了動，最終還是垂下了頭，不再言語。

「你不說我也知道，反正你在我手裡，我就等著看牧遙會不會來尋你。」

「妳不要去驚擾她。」伍朔漠聽到這句話才開口。

「憑什麼？」我面無表情地回答。

「我和她……已經徹底兩清了，所以妳不要再因為我的事去打擾她了。」伍朔漠自顧自地說著，眼裡全是自以為是的情傷。

若不是還有些理智，我真想拿刀子在他身上插幾刀。「你們之間如何關我屁事？難不成你覺得我會被你的深情感動，成全你們這對苦鴛鴦？」

伍朔漠沒被我的嘲諷激怒，他看著我開口：「妳本來就知道原因不是嗎？何必再去找她多此一問。」

我起身向外走。「問了才有談判的理由。」

身後傳來伍朔漠的聲音：「妳還真的是和以前大不相同了，難怪……她會有危機感。」

我腳步一頓，沒有回頭，大步邁了出去。

接下來幾天華府都不太平，每天都有一撥人夜探，不過他們也不敢有太大的動作，最終都無功而返。

這也是伍朔漠的軟肋，畢竟名義上他早就離了皇城，現在不管是他的人還是牧遙的人，都不敢大肆搜查。

自己等得無聊，又頻頻收到戚貴妃的邀請帖，我索性就進宮赴約。

第十三章

我想讓一個人消失

45

戚貴妃的宮殿一如她的為人，華麗卻又不至於太張揚。在這後宮裡除了太后，便是她一人獨攬大權，想來除家族勢力外，她自己也不容小覷。

只見她伸出精心保養的玉手，親自給我斟了一杯茶，溫和得好像我是她的親妹妹，我也是笑著接了過來。

她開口：「早就想和華小姐好生聊聊了，可惜華小姐一直用忙來推拒，今兒個終於得了機會。」

我放下茶杯開口：「這些時日我是忙了些。」

戚貴妃好奇地看著我問：「是嗎？不知華小姐都在忙什麼呢？」

「說來也巧，前幾日抓逃奴時誤打誤撞抓了一個逃犯，竟然和前幾日的宴會行刺有關，這幾日一直在忙著，看從他嘴裡能撬出來什麼訊息。」我低頭回道，面上故意流露出幾分喜悅之色。

戚貴妃聞言笑得越發和善。「如此甚好，早日抓出那背後真凶千刀萬剮了才痛快。」

「那就借貴妃吉言了。」我笑著回應。

戚貴妃不帶半點架子，笑吟吟地在我身邊坐下。「華小姐難得來一次，可要好好陪我說會兒話。這皇宮裡人來人往，難得遇到像華小姐這般說得上話的人。」

我眉頭微皺，故作疑惑地開口：「我還真不知自己有何特別之處，值得貴妃這樣厚待。」

戚貴妃用帕子捂住嘴笑了笑，開口：「這旁人不知道，我可是看得一清二楚啊，第一次見就覺得華小姐不同尋常，果然如今就因禍得福不是？」

見我還是面露不解，她繼續說：「說起來，家父是邊疆武將，華小姐父親又是文臣之首，若是我們日後能相互照應，這……後宮裡便沒人能越過我們掀起風浪了。」

我還沒入宮就找我示好合作？我低下頭揪著帕子開口，做出一副懵懂的模樣：「我不懂貴妃在說什麼。」

「華妹妹這麼聰明的人，又怎會不知道我在說什麼呢？」戚貴妃拿著團扇撲了我一下，那模樣像極了電視劇中青樓裡甩著手帕的老鴇。

她用團扇掩嘴。「皇上待妳如何，我這個過來人可是看得清清楚楚，日後我和華妹妹合作的地方……那多著呢。」

我低頭不語，戚貴妃只當我羞澀，也就不提這個話題，轉而說起其他事。

到了黃昏時刻她才放我出宮，坐上馬車後，我就再無一絲笑意，一路沉默到了華府。

剛進院子就看到千芷在院外等我，面色不對勁。我腳步一停，就越過她進了屋子。

果然看到一個身披斗笠的身影，聽到我的腳步聲，她轉過身來，正是牧遙。

我自顧自地先坐下，給自己倒了杯水才開口：「翻牆的感覺如何？」她這身打扮，絕不可能是走正門進來的。

牧遙走近才開口：「人在哪裡？」

「什麼人？」我故作不知地回答。

牧遙伸手拂落了我手裡的茶盞，開口：「別給我裝傻，妳不就是等我來嗎？現在我來了，人可以放了吧？」

我拿出手帕擦了擦濺上茶水的手背，才開口：「既然是來求人，妳的姿態是不是該放低一些？」

聽到這番熟悉的話，牧遙的臉色一白，卻還是開口：「妳不必如此羞辱我，我既然來了，要殺要剮隨便妳，妳把不相關的人放了就行！」

「不相關？」我笑了一聲，站起身來。「牧遙，妳是有多厚的臉皮才能說出這三個字的？」

牧遙看著我說：「此事全是我一個人的主意，妳不要牽連別人。」

「可真是情深義重啊，都爭著把責任攬到自己身上。」我諷刺地開口：「妳把仲夜闌置於何地了？」

牧遙看向我，目光滿是憤恨。「不是妳把他搶走了嗎？現在又何必來假惺惺地指責我。」

「我把妳抬到了側妃的位置，自己又主動和離，妳還想讓我退到什麼位置？」我皺起眉頭看了過去。「我一直都以為妳是個聰明人，怎麼會犯渾到這種地步？」

「我是犯傻了，傻到用這種方式去試探，不然也不會給旁人……可乘之機。」牧遙閉上眼，眼裡似乎有淚光閃爍。「自從妳為他擋了一箭後，他就……變了。他開始在乎妳的看法，經過妳的院子也總是止步不前。妳曾經不是想毀了我擁有的一切嗎？現在連唯一的他也被妳成功做了手腳。」

「難道妳不應該從自己身上找原因嗎？」我毫不留情地開口：「再說，這天底下就他一個男人嗎？沒有他妳就活不下去了嗎？妳的人生該是有多狹隘！」

「我不是非他不可，我只是想知道他的真實心意。所以那日懸崖上，我是等他做選擇，若是他選了妳，我就跳下去，就此死心斬斷情絲，倘若他……」

「不必和我說這些。」我聽不進她矯情的女兒心思，古代女子都是天天閒的嗎？分手就分手，非要來個儀式，一看就是想藕斷絲連，自己還嘴硬不承認，平白害了別人。

牧遙滿腹的牢騷被我一堵，她愣了片刻才開口：「那妳想要什麼？妳把我叫來不就是想聽這些嗎？」

我面無表情地開口：「妳的試探賠上了我兄長的性命。」

牧遙身子一僵，開口：「我從未想過藉此對你們不利，那是有人趁亂混了進來——」

「我知道，可若是沒有妳的算計，別人也插不進來。」我打斷了她的話。「所以我兄長之死，妳要負責。」

牧遙看著我，目光難掩悲苦。「那妳現在也應該知道我當初的感受了，妳為妳兄長傷心難過，我也曾為我的丫鬟靈瓏心痛到寢食難安。她對我來說是親人一般的存在，不也是因華深之舉而死嗎？所以現在我們兩個一命抵一命，算是兩清了，日後我不會再……追著你們華府不放。」

「清不了，我自己因妳設計落下懸崖，這也算是一命。」雖知她有心示弱，我並未見好就收。

牧遙雙目難以置信地看著我：「那處山崖是我勘察過的，下面是潭水，中間滿是藤蔓和樹枝，根本死不了人的。再說我也從未想過丟妳下去，那是我留給自己的一條路……」

「那又怎樣，反正是我掉了下去。」我無賴地回道。

牧遙似乎氣得發抖，最終再次開口：「那妳想怎樣？」

「我要那一撥勢力的幕後真凶。」我開口。

牧遙皺眉。「我如何知道……」

「妳惹出來的禍，自然要妳來收拾，伍朔漠在我這裡是沒有飯吃的，所以妳最好動作快一點，免得他被餓死。千芷，送客。」

不理會牧遙的惱怒，我轉身就走，伍朔漠在我手上，無論她是否對伍朔漠有意，他終歸是為她所累，她不敢輕舉妄動。那就讓我來看看，所謂小說女主的手段和光環。

本來只是在賭，牧遙的出現徹底證明了我的猜想，宴席行刺和懸崖上的那齣戲，果然是牧遙和伍朔漠聯手而為。

因為懸崖上之事太過蹊蹺，和宴席上對我出手的刺客完全不是一派作風，反而透露著一種小家子氣，像極了女子的賭氣妄為。

一開始只是隱約感覺有些不對勁，在懸崖之上和牧遙無意對視的一瞬間，我就清楚了。她的那雙眼裡沒有半點疑惑和詫異，反而如同灰燼裡的火光，帶著希冀和徬徨。

再加上華戎舟崖底遇到的黑衣人，整合線索一看，就是牧遙和伍朔漠合作了。一個為了得到答案去設計，一個自以為有機會可以帶走她，最後因我的突發之舉，打亂了全局。

牧遙走後的夜晚月色格外地亮，我呆呆地看著夜空，察覺身邊有人靠近，我頭也不回地說道：「傷好些了嗎？」

片刻後，傳來華戎舟的聲音：「嗯。」

然後我們兩人就一起沉默了。

我輕聲開口，不知道是說給誰聽：「我想殺一個人。」

「我幫妳。」

我回頭，對上華戎舟異常嚴肅的眼眸，心裡的陰霾似乎散了，道：「你不問問是誰嗎？說不定是個達官顯貴呢？」

華戎舟目光沒有一絲波動。「妳想殺，我就幫妳。」

我忍不住搖頭笑了笑。「小小年紀不要天天喊打喊殺的。」

「我不是小孩子。」華戎舟略顯急促的聲音響起，片刻後，他又遲疑地說：「我殺過人。」

我下意識地看向他，只見他垂著眼眸，睫毛在臉上投下細小的一片陰影。他當府兵的時候沒少遇刺客，殺人也不足為奇，畢竟這個社會，人命可不值錢。

「我知道。」我隨口敷衍道。

「妳不知道。」華戎舟的聲音硬邦邦的，不帶一點感情。

我只當他是鬧脾氣和我頂嘴，也就隨他了。

46

華相這幾日沒了半點對權勢的欲望，連上朝也是時去時不去，通常都是在家照顧深受打擊的華夫人，偶爾來尋我，言語之間全是屬於父親的溫情。

他似乎真的放下了丞相的架子，真正開始去承擔一個丈夫和一個父親的責任。

首飾盒裡的罪證數次被我翻找出來，本欲放到燭火上焚燒乾淨，可是最後我還是放了回去。

我又開始閉門看書，兩耳不聞窗外事，只等牧遙來確定我心裡的猜想。這讓我有時間分些注意力給身邊之人，倒是發現了很多不同尋常的事情。

穩重的銀杏，歡脫的翠竹，漸漸成熟的千芷，還有……我越發看不透的華戎舟。

初見時只覺得他是個靦腆害羞的孩子，現在行事卻與之前大相逕庭，不知道是受了什麼刺激。

「小姐……」銀杏見我一天到晚無所事事，終於湊到我身邊開口，她看起來欲言又止。

身邊沒有旁人，一向穩重的銀杏露出這個神色，我沒有說話，只是放下手裡的繡品，靜靜地等她開口。

最終，她還是開了口：「小姐，有件事奴婢不知該不該和妳說。」

我撫了撫繡得四不像的繡品，問她：「什麼事？」

銀杏看著有些為難，還是躊躇著開口：「奴婢這幾日私下見千芷和南風侍衛在一起。」

南風……仲夜闌身邊的侍衛？

這我倒還真不知曉，看著銀杏略顯擔憂的面孔，我笑了笑。「銀杏，千芷有她的生活，我不應該干涉的。」

「可是，南風侍衛可是……晉王爺身邊的……」銀杏仍是眉頭緊皺。

「銀杏。」我鄭重地抬起頭看著她，開口：「我知道妳的憂心，可是千芷的為人我清楚。妳們終歸是到了待嫁的年紀，只要妳們自己看準了，無論是誰我都會支持，更不會因為身分而去阻攔，妳們應該有自己的人生。」

銀杏愣了許久，最終還是不再多言。我心裡倒是多了幾分趣味，枯燥生活裡多了一抹顏色，這也算是件喜事吧。

千芷和南風真的是我不曾留意過的，小說裡從來都不寫小人物的感情線，不知道千芷和南風是本就兩情相悅，還是因我改變了劇情才走到一起的。

於是我便開始了探究和蹲牆角之路，畢竟只聽銀杏一面之詞便貿然去問，只怕千芷也不會說實話，所以我需要自己去瞭解一下，才能適當地幫她一把。

這一留意才發現，南風的確時常來尋千芷，可是千芷卻一直能躲就躲，避而不見。估計那個傻丫頭也是忌諱著彼此的身分，畢竟仲夜闌也算是我名義上的前夫。

回華府之後一直見千芷似是時常憂愁，本以為是擔心我，看來是我自作多情了。

站起來捶了捶蹲麻的雙腳，我對身邊同樣蹲著的華戎舟小聲開口：「我們走吧。」

他乖乖地跟著我，躡手躡腳地離開——畢竟聽牆根是個技術活，還涉及千芷的隱私，所以我只能帶著華戎舟來一起聽。

舒展了一下手腳，我對華戎舟開口：「走，我們上街一趟去置辦嫁妝。」

從城頭到城尾，我認真地研究了一下所有鋪子的位置及經營狀況，因為怕有疏忽遺漏，便一直拿著紙和眉筆寫寫畫畫。

一路看我心情極好地調侃著千芷的事，華戎舟突然插嘴：「小姐，我有一件事想不明白。」

「什麼事？」

「我娘小時候告訴我，若是親了一個人就該負責。」華戎舟看著我，很認真地說，像極了一隻不諳世事的小白兔。

我不由自主地笑出了聲：「沒錯，你娘親說得對。」

看著華戎舟垂頭不言，我好奇地問：「你是偷親了哪個……」

我話沒說完，突然被華戎舟猛地一扯，我直直地撞到了他的身上。與此同時，我原先站立的位置，有一個瘦小的身影跌倒在地。

我這才反應過來，剛才我只顧說話沒看路，差點被這地上的孩子撞到，是華戎舟及時拉開了我，不過那個孩子卻跌倒了。

仔細一看地上的孩子，身上破破爛爛，應該只是個小乞丐。

我過去正想伸手扶，卻又被華戎舟拉住，這次他不等我說話就開口：「髒。」

我眉頭一皺，掙開了他的手。「你這是從哪裡學來的偏見？」

我扶起了那個小乞丐，見他膝蓋已經磕破了，應該只有六、七歲，瘦弱的臉上，一雙圓圓的眼睛帶著驚恐看著我。

「你沒事吧？膝蓋疼嗎？要不要和我去醫館看一下？」我輕聲問，怕嚇到了他。

那個孩子搖了搖頭，掙開我的手，拔腿就跑，才跑了幾步就被華戎舟一雙大手拎了起來。

看著不住掙扎的小乞丐，我還未開口，就看到華戎舟從小乞丐懷裡掏出來一個荷包。我一摸腰際，果然已經空了。

接過荷包，看到垂頭喪氣地縮成一團、瑟瑟發抖的小乞丐，我從荷包裡掏出來幾兩碎銀遞給他，那個小乞丐眼前一亮，抓住轉身就跑。

我心裡微酸，方才看那個孩子膝蓋上還掛著血絲。

「小姐，那個孩子偷盜不成又裝可憐，妳不應該給他銀兩的。這種街頭的小乞兒慣用的伎倆，旁人都不會上當。」華戎舟見孩子跑遠了才開口，已經退去了稚氣的臉上，一雙棕色的瞳孔襯得整個人越發冷漠，半點沒有方才的敦厚純良。

「什麼叫裝可憐？他膝蓋可都磕出血了。」我皺著眉頭回道。

「妳還真是好騙。」華戎舟說完這句話抬腿繼續走，把我留在原地氣得半死，這孩子是真的叛逆期到了嗎？

最終我還是跟了上去，開口轉移話題：「說起來是我的錯，對你們的事情從來都不曾留意過，對千芷也是，這段時間她肯定不好受，我卻不知……」

「小姐確實是記性不好又粗心。」華戎舟毫不留情地回答。

我頓時氣不打一處來，特意找話題緩和氣氛，他還不領情。「你還蹬鼻子上臉……」

「小姐現在還覺得第一次見我是在祭祖典禮上嗎？」

難道不是嗎？看到華戎舟一臉認真的模樣，我也不好開口了，認真思索著，難不成是之前的華淺遇到過他？

華戎舟突然腳步一停，不再走了。

我下意識地看著他，只聽他開口：「就是在這裡。」

大街上？我下意識地看向周圍，沒有一點印象。那估計之前遇見他的應該不是我。我尷尬地笑著開口：「哦，原來是這裡啊……」

「不記得就不要說了。」華戎舟再次不給我留半點面子。在我有點下不來臺時，華戎舟又說道：「不過小姐不記得沒關係，我可以說給妳聽。」

華戎舟如今已經比我高上大半個頭，他看著我的眼裡滿是赤誠。

「小姐方才不是好奇，我為何對這乞丐的行事這麼熟悉嗎？那是因為第一次見妳時，我也是個乞兒，還差點撞到妳的馬車，可是妳卻不曾責怪我。」

撞車的孩子？腦海裡有一點印象，是我歸寧的那天？

「第二次是我在酒樓找了個活計，卻恰巧在酒樓裡再次見到了妳，我不忍他人妄言，想為妳出頭，卻自不量力落了一頓打。然後妳告訴我，想保護別人，要先學會護住自己。」

酒樓？是華深鬧事時那個被打的雜役？

「第三次見妳，是在祭祖典禮，這次我終於靠自己保護了妳，妳還拍我肩膀，誇我有前途。」

這個我知道是他。

「而第四次，是我順利地成了妳院裡的侍衛，我在晉王府待了半年，終於能夠走到妳面前了。」

聽到這裡，我有些反應不過來。

過去的幾個場景慢慢串到一起，乞丐、雜役……竟然全是他？

華戎舟並未停下，又說道：「因為妳，我才想讓自己變得更好。妳前後一共問了四次我的名字才記住，所以小姐，妳還不承認是妳記性不好嗎？」

說自己叫「周」的乞丐，被打得口齒不清的那個雜役「周勇」，原來都是他。周勇，勇周，戎……舟。

迎著華戎舟滿懷期待的眼眸，我心跳慢了幾拍，吶吶地開口：「你平時不是不喜歡說話嗎？今天話怎麼這麼多？」

華戎舟義正詞嚴地回答：「是小姐說，讓我日後有什麼都要告訴妳的。」真是厲害了，都會拿我的話來堵我了。

「哦……哦，那……是我的錯，我日後不會了。」我略微尷尬地開口，覺得嘴脣似乎有些發乾。

華戎舟衝我燦爛地一笑，如同一個不諳世事的孩童，我卻不會再被他這副小白兔的模樣騙了，他分明就是一頭披著兔子皮的大尾巴狼。

47

因為不自在，我便提前結束行程回了華府，認真地從首飾盒裡挑出一整套來。這些都是華深曾經送的，每件都應價值連城。

整理好之後，我喊了千芷進來，也不避諱銀杏和翠竹，就把首飾盒子交給了千芷。

千芷一臉疑惑地接過來，打開一看，臉色唰地就白了。

我見此，趕緊開口解釋：「這裡面的契約是我名下一家鋪子的，白日我去看過，認真挑選出來，地理位置雖然不是特別好，但也算是有些客源人脈，畢竟這裡的繁華地帶全是達官顯貴開的鋪子，我怕日後沒了我，妳會保不住鋪子。裡面的一套首飾，我沒用過，算是全新的，還有妳的賣身契，一併送給妳，算是全了這麼久以來我們主僕一場的情分。」

千芷並未面露喜色，而是直接跪了下來，雙目含淚開口：「小姐，若是奴婢做錯了什麼，妳可以隨便打罰，奴婢絕無怨言，請小姐不要趕奴婢走……」

我趕緊扶起了她，說道：「我這才不是在趕妳走，是給妳準備嫁妝呢！」

「小姐，我不想離開妳，我和南風只是……」千芷慌張地開口解釋。

「過些時日，我可能就要離開京城了，還好我現在知道了，要不然到時候帶走了妳，可不就耽誤妳的幸福了嘛，現在還來得及送妳出嫁。日後若是南風欺負妳，就算是我不在京城裡，妳只要告訴我，我也會立刻殺回來給妳撐腰的。」我打斷了千芷的話，拍了拍她的手。

千芷兩眼通紅。「小姐，我要和妳一起走。」

「傻丫頭。」我敲了一下千芷的腦袋，開口：「嫁人可是一輩子的大事，我看南風人也不錯，你們本就是兩情相悅，不必介意我。再說我可養不起妳一輩子，妳別想賴上我。」

千芷被我逗笑了，終於不再眼淚汪汪。

我見此就往輕鬆的方向聊：「妳和南風是什麼時候的事兒啊，怎麼都沒有告訴過我呢？難不成是怕我阻撓？」

千芷略微有些羞澀地開口：「就是……在晉王府時，南風過來拿走小姐的中饋印章時，我忍不住說了他幾句。後來……後來都是南風侍衛一直在多加關照，我們院子才沒有受冷落。奴婢沒說是覺得……這本就是不可能的事兒……」

我之前還以為是晉王府的僕人忌諱我有華相做後臺，才沒有苛待我，原來還有南風這一重關係啊。

男主的侍衛和女二的丫鬟，這搭配詭異得好笑。趁著心情好，我回頭對銀杏和翠竹說：「妳們日後若是有了心儀之人，可以直接告訴我，無論對方是誰，只要妳們願意，我就風風光光地送妳們出嫁。」

本來想多說幾句，可看到翠竹一直垂著頭的模樣，我便想起了華戎舟，頓時也不好再多說。拉著千芷說了會兒話，她堅持要陪著我，直到我離開京城，我也就不多勸了。

牧遙一直沒有消息傳來，我這兒一直關著伍朔漠也不像話，所以我的心思也活絡起來，總不能坐以待斃，只等牧遙的消息。

讓千芷備下一些茶點，我再次進了宮。

坐在戚貴妃的宮殿，她一臉驚訝地看著我。「華小姐怎麼想起我來了？」

我笑著開口：「上次戚貴妃說的建議，我考慮了一下，感覺不錯，所以特地前來細談。」

「我就說華妹妹是聰明人。」戚貴妃眼裡閃過幾分得意。

我拿手帕輕拭了一下嘴角才開口：「只是我對這皇宮知之甚少，日後想幫戚姊姊恐怕也是力不從心啊。」

戚貴妃坐近了一些，低聲開口：「這些，妹妹大可以來問我，妳我若是合作，我定會傾囊相授的。」

「那不知皇上平日可有什麼喜好？」我故作欣喜地開口。

看到我毫不掩飾地打探，戚貴妃眉宇間似是有點不屑，但還是笑著輕輕附到我耳邊開口：「妹妹這就問對人了，妹妹也知道，皇上喜食甜，這蜂蜜呀……可是皇上的心頭之好呢。」

之前聽聞仲溪午愛吃荔枝，想必的確是嗜甜，只不過這蜂蜜嘛……

戚貴妃坐直了身子開口：「這可是鮮少有人知道的呢，畢竟帝王向來喜怒不露分毫，我也是在這宮裡待得久了才知曉，妹妹可不要外傳啊。我見皇上待妳很是不一般，日後若是……可莫要忘了我……」

我笑了笑正欲開口，就聽到一聲尖細的聲音。

「皇上駕到。」

戚貴妃瞥了我一眼，衝我一笑，才起身行禮。

仲溪午一身明黃色龍袍，匆忙的模樣像是剛處理完政務就趕了過來。察覺到他視線落在我身上，我垂下頭不言語，做出羞澀的模樣。

「不必多禮，朕來尋華淺。」仲溪午逕直開口，語氣竟是無半點客氣。

戚貴妃毫不在意地笑著說道：「那皇上可來巧了，我和華妹妹正好說得差不多。」

仲溪午點了點頭，就轉身離開，回頭看了我一眼示意跟上。

看著戚貴妃善解人意地衝我眨眼示意，我回以禮貌的微笑，跟上了仲溪午。

出了宮殿，仲溪午就開口：「這幾日妳怎麼往戚貴妃這裡跑得這麼勤？」

「皇上似乎很不想我和戚貴妃多處，這是第二次趕過來打斷，是為什麼呢？」

我並未回答，反而開口問道。

仲溪午無奈地回答：「妳難得進宮，不是找母后就是找戚貴妃的。母后還好說，憑什麼戚貴妃見妳的次數都要比我多？」

聽著仲溪午越發無遮掩的說辭，我並未回應，反正我的拒絕之詞，他向來只會無視。

等了片刻，仲溪午又開口：「這幾日妳和妳身邊那個侍衛是不是走得太近了？上次妳也是聽聞他受傷就匆忙離開，還把我丟在原地，這個侍衛是不是已經逾越了自己的本分？」

「華戎舟是我的侍衛，忠心於我，我怎麼會不把他放在心上？」我回答道。

仲溪午看著我，目光沉沉。「只是侍衛嗎？」

我心裡一跳，不想他留意華戎舟，就轉了話題：「皇上喜歡食蜂蜜嗎？」

仲溪午聽到我的話，臉上終於露了些喜意：「妳這是在打聽我的喜好嗎？」

我又垂頭不語，仲溪午湊近了些，我想躲開卻被他拉住，他的聲音在我耳邊響起：「這事宮裡鮮少有人知曉，我雖喜甜，這蜂蜜卻是不敢食用的。小時候誤食差點去了半條命，太醫說是和我體質相剋。事關我安危，當時知情的宮奴都被母后處理了，不過告訴妳也沒關係，妳別告訴他人就是。」

「原來還有這樣一回事啊。」我撥開了他的手，語氣淡淡地回答。

仲溪午並未在意我的冷淡，反而眉目含笑地說：「日後妳想知道什麼都可以直接問我。」

「皇上什麼都會對我說嗎？」我反問。

仲溪午鄭重地點了點頭。

我便繼續問：「那殺我兄長的刺客可有下落了？」

仲溪午明顯愣了一下才開口：「淺淺，這些事情交給我好嗎？我保證不會放過幕後黑手，我不想妳這麼勞累。有我在，妳在我身後就行。」

「可是……」我看著仲溪午的眼睛，不閃不躲地說：「我若是知道了幕後黑手，一定會親手去……處理的。」

和仲溪午無言對視了許久，最後他還是無奈地搖了搖頭，不與我爭辯。

回府之後我就開始致力於鋪子的事情，把手裡的鋪子逐一找了買家轉讓，銀子還是拿在手裡比較好，終歸我……從未想過在這京城久留。

華戎舟一連幾日都跟著我，我去哪兒他都跟著，我也就由他了。

偶然一天，看到街邊有賣炒栗子的，讓我覺著很親切，這和現代倒是差不多，我回頭問華戎舟：「想吃栗子嗎？」

華戎舟鄭重地點了點頭，許久沒有看到他這麼孩子氣的模樣，眼巴巴地看著吃的，我就頗為豪氣地買了一大包遞給他。

然後又走了幾步，面前突然多了一隻手掌，還有那手心裡躺著的幾顆圓滾滾的橙黃色栗子，是去了殼的。

心裡一暖，我拿起栗子嘗了一口，仰頭笑著對他說：「很甜。」

他也抿著嘴笑，我心軟得一塌糊塗，想伸手摸摸他的頭頂時，一道聲音插了進來：「淺淺。」

我的手不由自主地一抖，就看到仲溪午站在不遠處，面無表情地看著我。

他又微服私訪了？我正欲走過去，突然身邊傳來一聲尖叫，嚇了我一跳。

只見一個半老婦人跌倒在地，旁邊一個似是她丈夫的男子在伸手扶她，那婦人顫抖著伸出手尖叫：「是……是你……你這個殺人犯。」

而她手指的方向是——華戎舟。

第十四章

那定是極為痛苦的童年

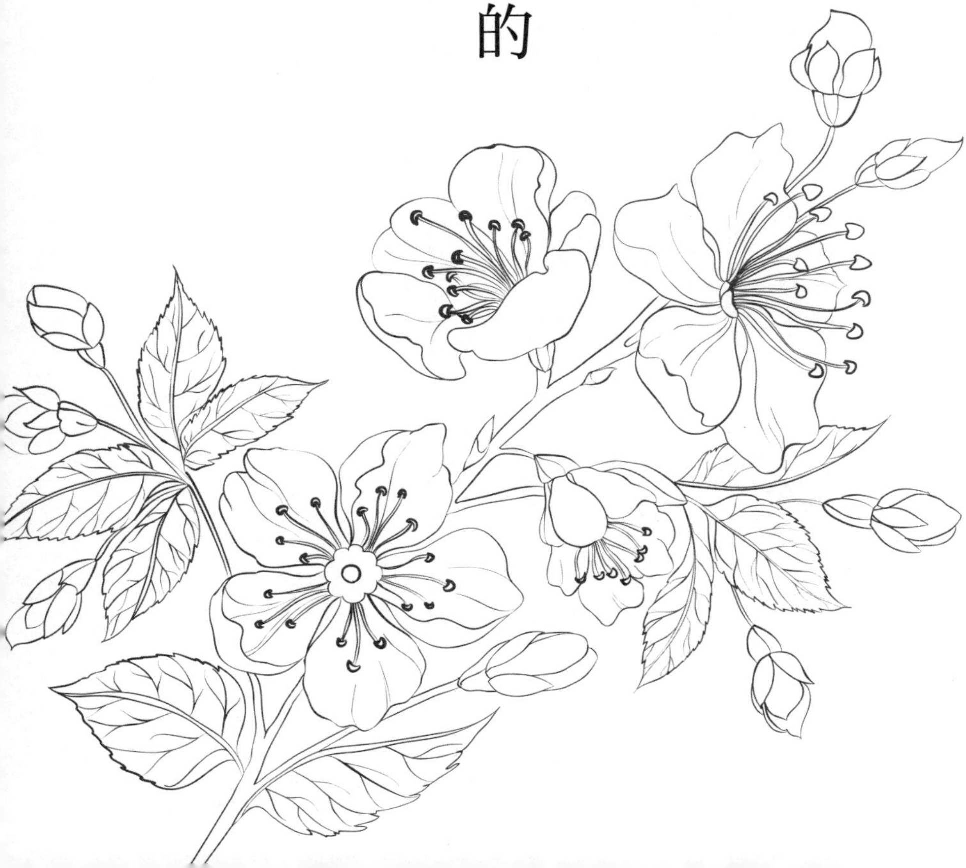

48

華戎舟看到那婦人之後，眼眸驟變，如同一匹惡狼一般，戾氣宣洩而出，連我看了都不由得一抖。

我略微擔憂地扯了扯他的衣袖，他看到我後，眼裡的狠厲明顯地一收。那個婦人繼續哭號著：「果然是你這個殺千刀的賊人，沒想到竟然在這裡見到你，真是天可憐我那年邁的公公啊……」

圍觀的人漸漸多了起來，我擋在華戎舟面前開口：「這位夫人，話可不能亂說，這可是我的侍衛，妳平白指責人可是要小心後果的。」

那婦人抹了抹眼淚站起來，拉著她的丈夫開口：「老爺，你看看，這不就是那個小兔崽子嗎？他害了公公，化成灰我也認識他。」

那男子也盯著華戎舟，惡狠狠地說：「沒錯，就是他，害了我父親。」

指指點點的人越來越多，那婦人見此越說越起勁：「我本是邊城富商李家的媳婦，當初我公公見這個兔崽子可憐，就買回來做僕人，可是這個天殺的卻趁著我們不注意，殺了我公公，捲了錢財逃走了。這一逃就是七年，還好老天有眼，讓我們又遇見了他，趕緊報官抓起來……」

我被她吵得頭痛，開口：「妳說已經過了七年，那認錯人也是有可能的，沒有證據，光憑一張嘴就這樣在大街上汙人清白嗎？」

那李氏婦人又開口：「看他那雙棕色眼眸和那張妖孽一般的臉，當初就是因他那好相貌才買他進來，不曾想卻是引狼入室，我可是打死都不會認錯。」

「這天下可不是只有他一人生得棕色眼眸——」

「哎唷喂，貴人妳心地善良，才會被這賊人蒙蔽。青天大老爺你可睜眼看看吧，莫讓這殺人犯再來害人了！」我的話還沒說完，就被那婦人打斷，她蹲著放聲哭喊。

說是偶遇，卻隻字不問我的身分，張嘴閉嘴就是問華戎舟的罪，當真是拙劣的把戲。只是這世人皆愚昧，易被言語左右，那婦人的哭喊卻是引起了一堆人的應和。

眼看著人越來越多，這次我只帶了華戎舟一人出門，寡不敵眾，我回頭本欲讓他帶著那夫婦兩人先離開，卻看到華戎舟雙手緊握，青筋暴起，面容上眼尾出奇地紅。

我心裡一縮，便拉住他的手說：「沒事，有我在，我是不會看你被誣蔑的。」

「若不是誣蔑呢？」

華戎舟開口，我一愣，只見他看著我，眼神看得我心頭難受，他說：「小姐，我說過，我殺過人。」

身後那婦人耳朵倒是尖，又扯著嗓子開口：「看看，他都承認殺人了，趕緊把他抓起來送官。」

看著蠢蠢欲動的人群，我大聲喝斥：「放肆，丞相府的人也是你們說動就動的？」

「官老爺來了，京兆尹來了……」人群中有人喊了一聲。

接著就看到京兆尹帶著幾個人手走了進來，這官府來得倒是挺快。

那夫人看到京兆尹便開口：「大老爺，求你做做主啊，就是那個賊人殺了我公公，趕緊抓起來，免得他跑了……」

京兆尹皺著眉聽那婦人又說了一遍事情經過，為難地看著我：「華小姐，妳看這……」

「剛才的事到現在也不過是一刻鐘，我倒是不知道京兆尹的速度竟然這般快。」

我冷嘲熱諷，京兆尹面上閃過幾分尷尬。

「淺淺。」正當我們僵持之際，仲溪午的聲音再次響了起來，剛才鬧了一場，我倒是把他忘了。

華戎舟聽到聲音下意識地反握住我的手。

「過來，淺淺。」仲溪午再次開口，京兆尹想行禮卻被仲溪午搖頭制止了。

我並未動作，還是擋在華戎舟前面，說道：「有人故意設計我，你幫我……」

仲溪午見我不動，沉著臉走到了我身邊。「妳瞭解過妳拉著的人嗎？」

我一愣，仲溪午伸手就把我拉到他身邊。華戎舟握著我的手沒有用力，被輕輕一拽就鬆開了。

仲溪午沒有對京兆尹說話。

眼見京兆尹就要動手拿下華戎舟，我一急又想過去，身子卻被仲溪午扳了過來。他眼裡似是有了幾分怒氣。「淺淺聽話，跟我走。」

「華戎舟是被冤枉的……」我有些焦急地開口。

「冤枉？」仲溪午冷笑一聲：「他可不姓華。」

我一呆，還沒反應過來，就見華戎舟已被京兆尹帶來的人按住。

「跟我來，我告訴妳。」仲溪午拉著我抬步離開，我回頭看到華戎舟垂著頭，沒有絲毫反抗。

「京兆尹會對華戎舟怎樣？」我還是有些擔心，不該留下華戎舟，讓他被帶走。

「我不想再聽到妳擔心他的話了。」仲溪午的聲音響起，帶上了幾分冷硬。

我咬了咬脣，終於不再多言。

到了一家酒樓的廂房，才坐了片刻，就有人推門進來。

我一愣，看著那極為眼熟的藍衣男子，聽到仲溪午開口：「這是我身邊的侍衛長林江，平日都在暗處。」

腦子裡閃過一道光，我開口：「你是不是還有個兄弟？」

林江對著我拱了拱手回道：「華小姐說的是陳淵吧？他曾和華小姐有過一面之緣，他是我的副將。」

他們就是之前華深在酒樓裡鬧事時，出手相助的兩名「江湖人士」。我就說怎麼這麼眼熟，還有之前在皇宮裡也曾擦肩而過。

我轉頭看向仲溪午，他趕緊開口解釋：「當初在酒樓不是我刻意試探妳，只是看妳那兄長胡鬧，我便讓他們兩人去助那琵琶女，沒想到把妳也引過來了。」

現在也不是糾結這事的時候，我繼續看向林江。「關於華戎舟，你到底想說什麼？」

林江看了仲溪午一眼後，才伸手遞給我一遝紙。「華小姐看過這些後就明白了。」

我打開，是賣身契、衙門狀紙，看紙張的模樣似是有些年頭了，只是這上面的署名都是——齊戎舟。

我看向林江，他不等我問就開口：「這些紙張上的齊戎舟，就是華小姐身邊的華戎舟，他本姓齊。」

「淺淺，妳是不是從來沒有瞭解過妳身邊之人？」仲溪午開口。

看我默不作聲，他又說道：「之前我不曾留意，中秋宴會他突然擋在妳面前，我才注意到曾經見過他。妳曾遇到的街頭乞丐，還有酒樓裡的雜役都是他，一看就是接近妳圖謀不軌，我才讓林江去調查他。」

「你怎麼會見過街頭上的他？」我忍不住皺眉問。

仲溪午的面目有點兒不自在，解釋：「我也只是無意間看到他撞上了妳的馬車。」

這麼巧嗎？我歸寧那天的事他也看到了？不過現在糾結這些問題也無用，我握緊手裡的紙張開口：「我瞭解……華戎舟，他不是那樣的人。」

仲溪午聽到我說的名字，皺了皺眉頭看向林江，林江便又開口：「即便李家之事不是他謀財害命，他手裡也不只一條人命。」

看著我驚疑的面容，林江繼續說：「華小姐可聽說過匠人魏賢？」

我搖了搖頭。

林江繼續說：「魏賢是世間手最巧的暗器匠人，去年死於非命。沒人報案也無人注意到，只是我查齊戎舟的事情時，發現魏賢曾有一徒弟，喚作戎舟。而魏賢死的前一夜，有人看到齊戎舟的身影出現過，只是後來沒有蹤跡，也就此作罷。」

暗器？我突然感覺手腕上的鐲子冰涼徹骨，壓得我手腕都無法抬起。谷底華戎舟發狠說的那句「我給妳這鐲子」，再次鮮明起來。

林江說完就不言語了，我久久不曾回話。

仲溪午先開了口：「淺淺，這個齊戎舟年僅十歲就為謀財而害命，之後又欺師滅祖，我知妳向來心軟護短，可我怎能讓那等危險之人在妳左右？」

「今日之事是你所為？」我極快地抓住了他話中之意。

仲溪午嘆了口氣，說道：「我是為妳好，怕妳不信才讓那李氏夫婦來京指認，又憂心齊戎舟被揭穿，惱羞成怒傷及妳，才親自前來看妳。」

我的手越握越緊，我取下鐲子，用力握得手指發白。仲溪午伸出手，似是想握住我的手，我起身躲了過去。

對上仲溪午的眼睛，我突然感覺全身無力，最終我只是垂下手。「多謝皇上。」

49

仲溪午送我回了華府，他剛走就見翠竹撲了上來，應是聽說了白日的事，她雙眼通紅，一看就是哭過的。

「小姐，求求妳救救華侍衛……定是有人……」翠竹跪著拉住我的衣袖開口。

「翠竹，妳讓我靜一靜。」我看著她，有氣無力地說。

千芷見我面色不對，趕緊和銀杏一起不顧翠竹掙扎，拉走了她。

我獨自走到屋子裡，整個人癱倒在床上，手裡緊緊握了一路的鐲子順著床滾到地上，在床底打滾了片刻，「咚」的一下落下。

然而只安靜了片刻，千芷就走了進來，說是牧遙派人送了信過來。我強打精神接了，打開一看，這次信封也悄然落地。

為何所有的事情都湊到了一起。

「把柴房那個家奴丟出去吧，養著平白浪費糧食。」我開口。

千芷愣了一下，就低頭下去了。

當天晚上，我房間裡便多了一個人，我點上油燈才開口：「放了你還不趕緊跑，又過來幹什麼？報仇嗎？」

伍朔漠已經換了一身衣服，看著有了些精神。「宴席的事情是我疏忽大意，導致有人插了一腳，刺殺妳的家人。」

「你也覺得是我兄長倒楣，才被人渾水摸魚害了，是吧？」我木著臉問道。

伍朔漠低著頭開口：「是我之錯，間接害了妳兄長……」

「那你知道華深是為我擋了一劍才死的嗎？」我無視他示弱的話，又開口。

伍朔漠抬起頭，眼睛裡明顯是驚訝。「我不知……」

「是呀，連你這個幕後黑手之一都不知道的事情，別人又怎麼會知道呢？」我笑著開口，笑聲在黑夜裡顯得格外嚇人。

中秋午宴一片混亂，大家忙著自保，哪裡有時間去關注別人？華相又因為難過，從未對外提過此事。

太后以為刺客行刺的是皇室、連累了華深，伍朔漠以為是有人特意混進來針對華府，那為什麼有人聽到行刺目標是我卻能絲毫不詫異，問都不問一句呢？

「此事是我之錯，我無可辯駁，妳日後有什麼怨氣可以隨時來找我發洩，只是莫要再……牽連她。」伍朔漠開口，言語中帶了些躊躇。

我收斂了方才的笑，開口：「為何沒有直接帶走她呢？你不是喜歡她嗎，為什麼還要讓她留下來？」

伍朔漠再次開口，帶了些釋然的笑意：「是她做了選擇，而我尊重她。」

「尊重她的選擇嗎……」我開口：「那你幫我殺個人，我就不去找她麻煩。」

「我不會再摻和妳們的事情了。」伍朔漠開口拒絕，然後又警告道：「我虧欠妳，但是日後妳若去找牧遙麻煩，我也不會袖手旁觀。」

沉默半晌，我才開口：「那你記住，你欠我一個天大的人情，我總有一日要去找你討回來。」

伍朔漠彷彿鬆了口氣，才開口：「好，我等著妳來討。」

伍朔漠離開後，我吹滅了油燈，躺在床上，瞪大了眼睛，無半點睡意。

第二日開始，我又一連幾天閉門不出。最先看不下去的是翠竹，她趁千芷和銀杏都不在，撲到我面前拚命磕頭。

看著她額頭通紅也不停，我開口：「我知道妳喜歡華戎舟，可是這次的事情並不簡單。」

「不，小姐，奴婢是前來請罪的。」翠竹瞪著紅腫的眼睛開口。

我還沒有反應過來，就聽她繼續說：「奴婢之前犯了錯，請小姐責罰。」

「妳不必……」我正欲阻止她，她接下來的話卻讓我一愣。

她說：「華侍衛他……喜歡小姐，一直都喜歡。奴婢一開始就知道，後來還為此做了不少錯事……牧側妃封妃宴席上的那件事，是我告訴她華少爺的位置，才讓她有機會設計。還有中秋午宴，是我趁亂撲到了華侍衛身上，才讓刺客有機會打昏小姐帶走。」

一瞬間感覺呼吸有些困難，心口隱隱作痛，不知是為了誰，還是只是曾為仲夜闌擋箭留下的心悸後遺症？

翠竹繼續哭訴著：「奴婢因為有私心，做了無數小動作，實為不忠，小姐要打要殺我都無怨言，可是華侍衛……華侍衛他一直都把小姐看得比自己的命還重要，數次危險他都以命相護，所以無論外人如何說，他從未有過害小姐之心，奴婢可以以命擔保，求求小姐不要見死不救。」

看著翠竹額頭馬上就要磕出血了，我啞著嗓子開口：「妳起來吧。」

翠竹還是不起，求我責罰她。我轉身回了裡屋，到床下翻出前幾日被我丟下去的鐲子，放到懷裡後又出去。

對著仍在叩頭的翠竹說：「走吧，隨我去趟京兆尹府。」無視翠竹歡天喜地的模樣，我抬步走了出去，她也趕緊跟上。

京兆尹一開始不願意讓我見華戎舟，但是見我堅持，最終還是放我進去了，只放我一人。

這是我第二次來牢房，第一次是為了華深，這裡一如既往地潮溼陰冷。

隨著獄卒走到一間牢房面前，只見裡面地上趴著一個人，身披麻布。

我走進去，那個人影動了動，緊了緊身上披著的麻布坐了起來，露出了那張熟悉的臉。

「小姐，妳來了。」華戎舟似乎又恢復成之前可憐兮兮的模樣，像隻小狗一樣地看著我。

我俯身蹲下，伸手本欲攏一下他的頭髮，卻被他偏頭躲了過去。

「髒。」華戎舟低聲說道。

胸口一疼，我雙手捧住他的臉，說：「不髒，一點兒都不髒。」

華戎舟一愣，綻放出了極為燦爛的笑容。

「你不姓華，對吧？」我在他身邊坐下開口。

華戎舟目光明顯縮了縮，點了點頭。

「那為什麼說自己姓華呢？」我開口問。

「因為小姐。」

我一愣，對上他的眼睛，他說：「我……不想要之前的姓氏，所以一直都是無姓氏的，遇到小姐之後，我就給了自己這個姓氏。」

華戎舟看著我，目光滿是虔誠，他一字一頓地說：「以、妳、之、姓，冠、我、之、名。」

眼眶一酸，我敲了敲他的頭開口：「笨……那是女子才有的說法。」

「我不在乎。」華戎舟眼睛裡是前所未有的熾熱。

我避開他的目光才開口：「為什麼不喜歡之前的姓氏？為什麼要殺……那個李氏富商？還有，鐲子是怎麼來的？」

我攤開手，手心躺著那個鐲子。華戎舟垂下頭才開口：「原來小姐都知道了，為什麼還要問我？」

「因為我想聽你說。」我把他的身子扳過來，讓他看著我。

卻聽他倒抽一口冷氣。我一愣，隨即伸手掀開了他披著的麻布，只見他身上傷痕累累，全是鞭傷。

「他們敢打你？」我頓時感覺氣極了，起身就要去找方才那獄卒，然而衣袖卻被拉住。

華戎舟看著我，開口：「小姐不想聽我說話了嗎？」

權衡了一下，我又忍氣坐了回去。

華戎舟這才開口：「小姐曾問我，恨不恨當初那富人家，我說不恨了，可是小姐沒有聽到我的後半句話，因為我已經……殺了他。」

饒是聽仲溪午說過此事，我心頭還是難免一緊。

華戎舟繼續說：「我出生在一個鄉村，父親得了個秀才之名，卻一直眼高手低，碌碌無為，家裡一直都是母親操持。五歲那年，母親累倒了卻沒錢買藥，就這樣去了。第二年，父親娶了別人，然後她又給父親生了一個孩子。十歲時，家裡鬧飢荒，那婦人就說動父親把我賣了。然後她告訴我，是我生得好才選擇賣我，因為我那弟弟生得不好看，賣不了好價錢。」

我靜靜地聽著他說，沒有插嘴，那定是一個極為痛苦的童年。

「被賣，我並沒有怨言，只是決定自此不再姓齊。可是那婦人因嫉妒我父親時常念叨我過世的母親，便把我賣給了李氏富商。那個買我的老頭是個變態，喜歡褻玩男童。」

50

我的眼突然睜大，華戎舟狀似沒有察覺，繼續說著：「一開始他對我很好，後來就開始對我動手動腳。我一反抗他就露出本來面目，開始打我，罵我不知好歹。然而我沒有怕他，被打得遍體鱗傷也沒有服軟，那老頭見此就對我下藥，因為我心懷警惕，就把我們的湯碗互換。他昏睡過去，我知道若是他醒來，我還會過之前的生活，所以我就拿著燭臺，一下一下砸向他的腦袋……然後放了一把火。我並未斂財，只是自己逃走。那一年，我十歲。」

華戎舟停頓了一下，我沒有言語，實在是說不出話來。

「之後我逃到外地，畢竟那裡我不敢待下去了。流落街頭做乞丐時，有個叫魏賢的匠人在街頭領走了我，說是見我天賦異稟，想讓我做他的接班人，可是，他同那個老頭一樣心思齷齪。不過他沒有打我，說是喜歡聽話的，就把我關起來，用鐵鍊鎖住我的腳，幾天給一次飯吃，想磨平我的性子。餓得不得了我也沒有屈服，日日看他做手藝，我也懂了些技巧，趁他不在，試了無數次才撬開了鎖，逃了出去。之後我每天用泥巴塗滿臉乞討，直到無意之中撞了小姐的馬車，我過去十幾年髒汙的人生才透進來一些光亮。」

我一直都知道華戎舟長得漂亮，卻不曾想他因為相貌竟然受了這麼多苦，在這裡，貌美而無權無勢之人，無論男女都立世不易。

想起第一次見他，他骨瘦如柴的模樣，我張了張嘴，還是沒有說話。

「我平生最恨別人說我生得好看，可是小姐說我生得好看時，我卻覺得很開心。因為小姐，我想努力讓自己變得厲害，這樣才能……去保護妳。在晉王府比試時，別人都誇我武藝進步迅速，那是因為，對他們來說是比試，而我每次都是在拿命相搏。」華戎舟衝我笑著，言辭狠厲，人卻笑得像一個孩子。

「那我的手鐲……還有那個匠人……」我半天才找回來自己的聲音。

華戎舟眼裡閃過一絲暗芒：「我見小姐在祭祖典禮上手無寸鐵，險些受傷，想起他頂尖的手藝，便不計前嫌地回去找他買女子用的暗器。然而他卻不知死活地繼續以暗器為由要脅，企圖……我一時失力，才殺了他。」

視線一陣模糊，接著，我就聽到華戎舟驚慌的聲音：「小姐，妳不要哭，我沒事……」

我哭了嗎？

伸手摸了摸臉龐，果然一手溼潤。

華戎舟小心翼翼地伸著手指，給我抹去眼角的眼淚，然後說：「我知道我做錯了，小姐不用管我，我犯的錯……」

「你沒有做錯。」我握住了他的手指，伸手抱住了他。「放心，我不會丟下你一個人的。」

華戎舟久久沒有開口，棕色的眼眸彷彿失了神一般。我伸手輕輕拍了拍他的手背，站起來，一瞬間似乎看到他的嘴角微勾，像是笑了，不過再看時他仍是嘴角緊抿，一言不發。

我又安慰他幾句才離開，走到牢獄門口時，我停下來對獄卒說：「我不管你們這邊是誰管事，但是我的侍衛還沒有被定罪，你們日後若是再動他半根指頭，我會讓你們雙倍奉還。」

那個獄卒為難地開口：「這……華小姐，是裡面那位……不合作，再說我們也做不了主啊，這都是上面的意思……」

上面？我腳步一停，又開口：「那就把我的話告訴你上面的人，他自會權衡。」

那獄卒面有難色，我不再言語，直接走了出去。出去後，翠竹一臉緊張地看著我，我沒有理會，逕直往前走。

「小姐……」

身後傳來翠竹的聲音，我腳步未停，直至走到馬車旁才開口：「華戎舟之事不用妳說，我自有主意。等會兒回了府，妳就去管家那裡領了銀錢和賣身契自行離開吧，我可以不追究妳所行之事，但是也容不下妳。」

翠竹快步走到我身前跪下，我才停了腳步。

只見她重重地叩了三個響頭，直起身子時額頭已經破了皮。

我不語，看著她，只見她眼含淚水開口：「奴婢犯了錯，任打任罰絕無怨言，銀錢和賣身契奴婢都不要了，只求小姐能讓奴婢留下來看到……華侍衛平安無恙，之後就算是小姐把我發賣了也行。」

如花般的面容哭得涕泗交流，果然感情之事最是擾人心智。

「好。」

我丟下一個字就上了馬車，不再言語。翠竹擦了擦眼淚趕緊起身，跟在馬車左右。

回了華府，我便著人去尋那日當街鬧事的商人李氏夫婦，然而竟無半點音信。京城沒有人影，也不見他們回邊城，不知是這華府侍衛無用，還是他們有本事……藏了起來。

華相也數次來我院子裡問是怎麼回事，我只說是被人構陷便遮掩過去了，終歸在華相看來，不過是少了一個侍衛，對我無半點影響。

而我此時才發現，權勢、人脈有多重要，沒有這些，在這裡萬事都寸步難行。

於是我再次進了宮，這次直奔仲溪午而去。

仲溪午見到我，眼裡滿是喜悅，逕自丟下了手裡的奏摺。

我卻開門見山地說：「你能幫我再找一下那日的李氏商人嗎？」

仲溪午垂頭，片刻後才抬頭，看著我的眼裡帶上了些讓人心酸的滋味。「妳難得來尋我一次，我還以為妳是為了我而來。」

側臉避開他的目光我才開口：「皇上，華戎舟之事另有隱情，那李氏夫婦此時無半點蹤跡，擺明就是心虛才不敢露面。他們所說若並不全為實，華戎舟就不該這樣一直被關著。」

「我告訴了妳，他叫齊戎舟，妳卻仍喚他華戎舟，妳這是在向我表明立場嗎？」仲溪午聲音越發冷了。

我只得放軟口氣：「他是我的侍衛，多次救我於危難之中，我又怎能見他被人如此構陷冤屈？」

「侍衛？」仲溪午語調上揚。「他看妳的眼神可無半點侍衛該有的模樣。」

我的手不由自主地在衣袖裡握緊，差點忘了，他是皇上，天底下最尊貴的人。他既說心悅於我，那自然容不下我身邊有別人。

心裡想得有點多，一時沒來得及回他的話，直到被他狠狠扯了起來，我才反應過來。

他一雙眼睛如同燃起了火，一直灼到我的心裡。他說：「原來妳知道，卻還容他在妳身邊，妳把我置於何地？」

他還是……帝王啊。

我垂眸回道：「我是在向皇上回稟有關……齊戎舟事情的真相，此事並不全如林江侍衛所查，皇上就不想聽一下這其中的緣故嗎？」

仲溪午鬆開抓著我手臂的手，轉身說道：「所謂各執一詞，妳相信妳那侍衛之言，我又為何不能相信我侍衛所言？」

伸手扶住座椅把手，我深吸了一口氣才開口：「皇上不想聽沒有關係，那我把證據擺到你面前好了。」

仲溪午這一條路行不通了，他心裡對華戎舟有芥蒂，自然聽不進去我的話，所以我只能自己去尋證據。

「只是未定罪之前……還是望皇上莫要再下令亂用私刑。」仲溪午還是背對著我，我便行了一禮，垂首退下。

走到門口時，卻聽他的聲音傳來：「淺淺，能不能有一次妳主動來尋我，是真的因為……只是想見我？」

手不由自主地抖了抖，我深吸了一口氣開口：「那皇上日後行事可不可以考慮一下我？你有很多方式可以告訴我，為什麼要選擇那種方式呢？」

說完，我抬步邁出了門，抬頭望了許久天空，脖子痠疼了才繼續走下去。

第十五章

有沒有罪

才出宮門，馬車就被攔了下來，我挑開車簾，卻看到仲夜闌一身紫袍，騎著馬擋在馬車旁。

看到是他，我直接甩下了車簾，不再去看一眼。片刻後，他的聲音在車窗外響起：「我有話要對妳說。」

我在馬車裡回道：「該說的我都和王爺說清楚了，這街上人多眼雜，王爺莫要再毀我清譽。」

半晌後才聽到他的聲音：「我在前面酒樓等妳，那裡雖人來人往，但還算清靜，旁人就算知道也不會多說什麼。妳若是想解決妳那侍衛的事，就過去吧。」

馬蹄聲響起，千芷看了看我，我閉眼開口：「去前面酒樓。」

進了廂房，仲夜闌已經坐了下來，南風在他身後站立。

感覺到千芷變得拘謹，我便開口：「你們去門口守著，不用關門，也不算是失禮。」

南風見仲夜闌沒有反駁，便拱手退至門口。

我也在桌邊坐下。仲夜闌倒是先開了口：「聽南風說，妳把妳那個丫鬟許給了他？」

「這是他們兩人的事情，我沒有插手，只是還了千芷自由身罷了，以後如何做，看她選擇。」我開口回道。

仲夜闌似乎勾唇笑了一下，不等他開口我就搶先說道：「王爺方才說的解決我侍衛之事的方法，現在可以細說了吧？」

仲夜闌被我堵住了話頭，只得說明：「妳侍衛之事我聽說了，我知道妳正在查一對商人夫婦的下落，我費了一番周折，才知道他們如今的住址。」

「在哪裡？」我匆忙開口。仲夜闌卻沒回覆得那麼快了，只是面色似有遲疑。

我這才冷靜了下來。他既說自己費一番周折，又這般猶豫，定是不會輕易給我消息：「說吧，你的交換條件。」

仲夜闌這次是真的愣住了，片刻後才嘆了口氣說：「我之所以猶豫不是在思考要問妳索要什麼，我查探那對夫婦的下落，也不是為了向妳挾恩圖報。」

我不語，仲夜闌又繼續說道：「此事並不簡單，若只是因為一個侍衛，我想勸妳莫要再插手下去。」

「王爺的意思是讓我選擇明哲保身，棄卒保車，對冤屈視而不見？」我嘲諷地開口。

仲夜闌並未動怒。「妳那侍衛殺人在先，也不算冤屈。」

「殺人也要看殺的是什麼人，王爺敢說自己手上無半條人命嗎？」

仲夜闌突然輕笑了一聲：「我倒不知道妳這般伶牙俐齒。」

我不理會他的調笑，開口：「所以，那對夫婦現在何處？」

仲夜闌收了笑容：「也罷，讓妳自己去見見……也好。城南五里處，有一處院子，一直荒廢，前些時日剛住了人。」

「多謝王爺，日後我定不忘這份恩情。」我起身行禮。

「不必，妳只當是我還妳之前的相救之恩。」仲夜闌站起身子，長身玉立，他看著我，眉目笑得一派坦然。

我也不由自主地勾起了嘴角：「好，那我們兩清了。」

正當我準備告辭時，仲夜闌又開口：「按理說，這些話不該由我來說，只是皇宮裡……波瀾太多，妳若追求安靜生活，就不該涉足其間。」

「我何時說要涉足其間了？」我開口反問。

仲夜闌並未接我的話，而是看著我。「妳我也算是相識一場，既然妳執意不願受我庇護，我也不再強求。日後妳但凡有事，可以來尋我，我不會不應。」

心思轉了幾圈，我笑著開口：「那就謝過王爺了。」

從酒樓裡出來，我在千芷的攙扶下上了馬車，上到一半，聽到一聲喚：「阿淺。」

我停下動作，抬頭看去，只見仲夜闌正站在二樓窗口處，看著我，我也望向他，許久後才聽他又說道：「再會。」

聲音不大，我卻聽到了。低頭一笑，我直接進了馬車，並未回話。

華淺愛過他，他也因相救之情動搖過，現在我們都看清了。

相對於女子用感性談感情，大多男子則更為理智。

回了華府，直到天色已晚，我才又出府，一路行到仲夜闌告訴我的地點，下了馬車，果然有個不起眼的小院子，連守門的都沒有。

外來商人，又無親戚在京城，一般都是住客棧，就是有錢住自己買的院子，那也有買賣紀錄。而他們躲入荒廢的院子裡，華府侍衛這才查不到蹤跡。

在侍衛的護衛下我一路行到裡屋前，竟無半個人影，心裡不由得覺得不對勁。

聽到聲響，裡屋的門開了，一個男子走了出來，看到我們這些人馬，大驚失色，馬上關上了門。

「給我撞開。」我開口，侍衛立刻行動，不過片刻，就捉了兩個人丟在我面前，正是那日那一對夫婦。

既然是審判，就該有審判的架勢，院子裡點上了燈火，我就勢尋了把椅子坐下來，才看向地上跪的那兩人。

那個婦人應是還記得我，開口問：「貴人這半夜三更上門是做什麼？莫不是想殺人滅口，來個死無對證？」

我看著她，開口：「若我要殺人滅口，妳覺得妳還有機會跪在這裡說話嗎？」

那婦人眼睛轉了轉，一看就是個不安分的。

我先下手為強，問：「那日妳在大街上平白一通誣蔑，我一時不察才讓妳跑了，現在就來好生和妳算算清楚。」

「我所說之話句句屬實，沒有半點誣蔑。」婦人仍是嘴硬。

「妳說的若是真的，你們早就去對簿公堂了，何至於跑到這個破院子裡躲起來？」我接過千芷遞過來的茶水，揭開茶盞輕輕驅了驅熱氣——也不知道這個丫鬟從哪裡尋來的。

李氏夫婦對視了一下，卻是沒有言語，我就裝作不經意地對侍衛開口：「把他們給我綁起來，先打斷雙腿，免得生了賊心再逃跑。膽敢給丞相府抹黑，我可嚥不下這口氣。」

眼見侍衛就要動手，那婦人趕緊開口：「貴人請明察！我可不敢給丞相府添堵啊。」

「還說不敢，齊戎舟是我的侍衛，你們誣蔑他，不就是在打我的臉面嗎？還愣著幹麼，快動手！」我厲聲喝斥，侍衛立刻動手捆綁他們。

那婦人眼見要被綁起來，頓時開始鬼哭狼號：「貴人饒命啊，是那齊家的小畜生先作惡，我……我們只是被人請來——」

「閉嘴！」那男子見婦人口無遮攔，慌忙開口阻攔。

我眼睛一瞇，揮手示意侍衛先退下，冷笑開口：「我知道是有人請你們來的，你們不必吞吞吐吐，我不問此事。只是你們有錯在先，卻還誣蔑……齊戎舟，我此次只是來為他討個公道。」

婦人雙膝著地行了幾步，被侍衛攔下才開口：「貴人，我們所說句句屬實，真的不是誣蔑，確實是那齊家小兒害我公公。」

「妳還有臉說，妳那公公是什麼人，還需要我來說嗎？」我重重擱下茶杯。

那夫婦兩人都是一抖，我見此又開口：「齊戎舟沒有去追究你們，你們反而跑來倒打一耙。你們應該慶幸，若是妳那公公還活著，我保證他的下場會更慘。」

夫婦兩人俱是惶恐不安，我才稍微放軟了口氣：「不過妳公公之過，我可以不牽扯到你們頭上，但是你們需去衙門自行說清楚。知錯就改，我可以既往不咎。」

「這……」那婦人回頭偷偷看了男子一眼，一直吞吞吐吐。

見此，我眉毛一挑：「怎麼？還不願意嗎，是覺得我會比衙門更好說話？」

「不是的，貴人，只是我們說了恐怕沒用——」

52

婦人的話還沒說完就再次被那男子打斷，我挑了挑眉開口：「這是你第二次阻止你家娘子說話了，真當我是瞎的不成？」

那男子雖然眼裡有恐慌，但還算是鎮定，開口：「貴人這一進門就綁了人要打要殺，根本就不是想聽實情的模樣，我們說再多又有何用？」

我收了蠻橫的模樣，盯著那男子開口：「我已知道了實情為何還要問？你們為了一己私欲就顛倒黑白誆騙他人，我給你們機會去自己說清楚，也是給你們一線生機，但是你們要堅持不去說，那我不介意用些小手段，讓你們願意說實話。」

男子面色不定，繼續道：「貴人們行事還真是如出一轍，都不聽他人如何說，只憑自己心思。」

我一愣，心裡跳了跳才開口：「什麼意思？」

「我們在邊城過得好好的，如貴人所說，我父親……如何，我們自己也清楚，就算記恨齊戎舟，既知他現在的身分，躲都躲不及，又怎會大老遠地主動跑過來呢？」那男子這才開口哭訴。

我突然覺得手腳冰涼，心裡像是破了一個大洞。

男子哭得累了，才衝我跪了下來：「我們也是貪生怕死之人，當初我們就說清楚了事情經過，直言不追究陳年舊事了，卻還是被人逼來指認；我們想離開京城，卻又怕回去累及家人，才躲了起來，想等事情告一段落再說。所以，說與不說……都是無用的，從來都不是我們可以選擇的。」

「你的意思是，你們說了真相，有人還是讓你們前來嗎？」我按住手掌開口。

男子面色還是存疑，我又開口：「你們只需回答是或不是，回答了，此事我自會處理，只當沒見過你們，送你們離開。若是敢說謊，連你們在邊城的家人，我也要捉來問罪。」

許久後男子才說道：「不敢不敢，小人所說句句屬實。」

我腳下發軟，勉強站起身子向外走，侍衛見此也跟著走出來，丟下那兩人在院子裡。

是我想錯了，以為只要有人說出真相，就能問清是誰的罪責，華戎舟便會無事。原來一開始，華戎舟有沒有罪，都不是事實說了算的。

出了院子，卻見我的馬車旁有一個身影，是牧遙。

她見我過來，便開口：「我知妳今日會來此處，所以特意在此等妳。」

「上馬車再說。」

我開了口，只因我怕自己會站不穩。

入了馬車，只有我和牧遙兩人，她開口：「我知道妳放走了他，妳說話算數，我特地來尋妳……妳有沒有在聽我說話？」

牧遙皺眉望著我，我還是覺得全身發冷，勉強地回她：「今日我身體不適，恐怕沒有精力聽妳說話了。」

牧遙沉默了片刻，並未離開。「我可不想和妳有太多糾纏，今日把話說清楚，日後也就不必再見。」

我不語，她就繼續說：「我自己想清楚了，就算阿闌心裡有妳，我也不會再選擇逃避。我會向他證明，讓他知道真心對他的是誰，因此我也不需要妳讓給我。」

「為什麼到了此刻妳還在糾結此事？」
我迎上牧遙不解的目光開口：「從來都不是我讓妳，而是他選擇了妳，懸崖之上是這樣，現在也是這樣。」
牧遙愣了許久，探究地看著我。我一臉坦然任她看，最終她不再提此事。「之前是我昏了頭，做了錯事，不過妳兄長也不算是無辜之人。現下我明白了，這世間之事都是說不清的，孰對孰錯皆是各執己見，日後……我不會再針對華府了，你們只要不再犯到我身上，我只當你們是陌路。」
看著牧遙明顯的求和，我心裡卻無半點喜意，半晌後才勉強勾起了一抹笑意：「好。」
牧遙起身便準備離開，下馬車時還是問起：「那日我給妳送的信，妳可看了？」
我點了點頭，卻並未回話，牧遙瞧了我一眼，開口：「雖不知妳是如何惹上那……後宮之人，只是我勸妳一句，就算妳是為了……他，才選擇和阿闌和離，但是有些高枝可不好攀，只怕妳到時沒命享福。」
不等我回話，牧遙就走了。
許久後千芷才上了馬車，小心翼翼地看著我。
我閉上眼裝作假寐，片刻後才開口：「明日陪我再去趟牢獄。」

千芷小聲稱是，接下來便是一路無言。

牢獄裡，華戎舟雖然臉色蒼白，看著卻精神了些，傷也沒有增加。這獄卒總算是有所忌憚，不敢再濫用私刑。

「小姐怎麼又來了？」華戎舟一臉茫然地看著我。

我不拘小節地在他身邊坐下，才開口：「我見過那李氏夫婦了。」

華戎舟身子一僵，我嘆了口氣：「是我連累了你。」

我伸手摸了摸華戎舟的頭，他一臉的不解。我開口：「不過你放心，我定會把你救出來的，不惜……任何代價。」

華戎舟拉下我放在他頭頂的手，卻沒撤手，而是緊緊握住。「我……對小姐來說，很重要嗎？」

臉上還是小孩子的模樣，眼裡的緊張卻洩漏了主人的情緒。我並未抽回手，而是任他握著。「嗯，重要。」

華戎舟笑了，笑容如同暖陽溫暖了我的心底。

這個人，我好像越來越無法忽視他了。他一直都站在我身後，從未有過動搖，也因此才遭了罪。

我放軟了口氣：「我把翠竹趕走了。」

華戎舟眉頭一皺，面上又帶上幾分冷意。「關我什麼事？為何要告訴我？」

這人變臉還真快。

「千芷也要嫁人了，我身邊所剩之人，算是只有你了。」我垂首說道，感覺他握著我的手一緊，我才又繼續說——

「等你出來，我和父親、母親，估計就要離開京城了，此去可不是衣錦還鄉，既沒有成群奴僕，也沒有萬貫家財，說不定還得節衣縮食，你還要跟我一起走嗎？」

察覺到華戎舟握著我的手越來越緊，就在我忍不住要提醒他時，他突然開口：「我跟著小姐，從來都不是為了榮華富貴。所以，就算是日後小姐不要我了，想趕我走，我也死都不會離開。」

我低頭一笑，心裡無限惆悵，不假思索地開口：「你說，若前面是一條前途未卜且磨難重重的路，所有人都勸我止步，那我是要走下去，還是換條路呢？」

華戎舟一臉懵懂地看著我，我不由得一笑。「你看我，跟你說這些做什麼？」

華戎舟卻是嚴肅地開口：「既是前途未卜，還是及時止損，早日回頭為好。」

我愣愣地看著華戎舟，他卻一笑。「我不想小姐受苦才這樣說，不過為了小姐，就算是抽筋剔骨，我也不會回頭。」

這還是他第一次這般直白地表明心意，我心裡嘆氣，面上卻帶笑。

在家裡待了幾天後，把所有鋪子都典當完，錢財也存了起來，我才動身進了皇宮。

我求見仲溪午，卻被高公公擋在門外，說是他正在忙，不見人。

我也不急，就這樣等在門口，往來宮奴看我的臉色各異，我也不見半分變色，反而把高公公急得臉色蒼白。

不到半個時辰，仲溪午就怒氣沖沖地從屋裡出來，我還未開口就被他扯了進去。

「哐噹」一聲，門就被仲溪午關上了，高公公等人都被關在門外。

仲溪午抬手把我按到門上，我這才發現我頭頂只到他下巴處。

很少和他離得這般近，似乎近在咫尺。

說起來，上次離得這麼近還是他為我擋了醒酒湯，不過當時我慌裡慌張的，還撞了自己的腦袋。

想起自己的蠢事，還未笑出來，就聽他咬牙切齒的聲音響起：「妳當真……放肆，算準了我捨不得晾著妳受人指點，就堵在我門口不走。」

53

因為離得太近，說話間他的鼻息都能撲到我的額頭上。我抬手推了一下他，卻沒有推動。

我看著離我極近的明黃色衣襟，開了口：「皇上，你離我太近了些吧？」

仲溪午開口，聲音沒有一絲感情：「妳又想把我推開了嗎？」

我聞言抬頭看向他，他因我的動作猝不及防，面上染上了幾分不自然，因為我們離得太近，我抬頭時嘴唇差點擦過他的下頷。

他終究放了手，甩手後退幾步。「說吧，今天來做什麼，還是為妳那侍衛求情嗎？」

「不是。」我開口，從懷裡掏出一封信。「我是來和皇上做個交易。」

仲溪午凝眉看著我，我又走近了幾步才伸手將信遞過去，仲溪午接過信打開的瞬間，面上就不復惱怒，眼眸顫了顫，看向我：「誰給妳的？」

「若是皇上願開口放過我的侍衛，這封信我就當沒有看過，之前說過的話權當作廢，自此我再不追究華深一事，全憑……皇上處置。」我回道。

半晌沒有回答，我抬眸，只見仲溪午看著我，目染墨色。「妳既然相信這封信裡所言，卻還拿它來做交易，那侍衛對妳來說就這麼重要？」

「不是重不重要的問題，而是我身邊本就沒幾個能真心以待的人，所以對我好的，我才更為珍惜罷了。」我避重就輕地回答。

「那我呢？我如何對妳的……妳是不是從來都看不見？」仲溪午走近，我反而退了一步。

「看見了又能如何？我也一開始就表明了自己的態度，皇上心中永遠都有更重要的事情。」我面上帶著笑回答。

「我只是——」

「皇上不必同我解釋，我今日也不是為了此事而來。」我再次打斷了他的話。

我看到仲溪午捏著信的手指已經發白，沉默許久，才聽到他的聲音：「妳那侍衛害人在先，豈是妳說放就放的？」

我低下頭才開口：「華戎舟他確實有過錯，可是也不至於要他償命，他小小年紀就受盡苦難，遇事難兩全也正常。那李氏富商害了無數孩童的性命，他家人都不曾要華戎舟償命，皇上又何必逼他們前來？」

「年紀小？還真是他說什麼妳都信。」仲溪午的聲音滿是諷刺。「年紀小就不需要為他所做的事承擔責任嗎？即便那李氏死有餘辜，可是齊戎舟手裡可不只一條人命。」

「皇上的意思是，所有人都必須為自己做過的事負責嗎？」我抬頭看著他，卻是意有所指。

仲溪午抿了抿嘴角沒有說話，我覺得此時有些好笑。「戚貴妃派人殺我，結果誤害了我兄長性命，若是皇上真的追求公平公正，那為何還把此事壓下來不讓我知道？為什麼權貴殺人就能酌情，平民殺人就只能償命？」

我還是揭開了我們之間的遮羞布，露出讓彼此忌諱的那道傷痕。

牧遙給我的那封信……也就是如今他手上的那封，裡面查出，那日黑衣人是戚家人所指使。

他一直都知道戚貴妃是中秋午宴的幕後黑手之一，卻屢次阻撓我和戚貴妃會面。我知道他定會有不容反駁的緣由，可是他想要制衡，想要保下戚貴妃，又想瞞下我，那憑什麼華戎舟就要依罪論處？

「有時候我真希望妳能笨一點。」仲溪午開口，目光雖有些閃躲，卻並未反駁。「戚家會付出該有的代價，我可以向妳保證，只是現在不行。」

我知道戚家手握兵權，想要瓦解不是一朝一夕的事情。我也知道，這後宮女子每一個都有自己存在的緣故，輕易不可動。我知道上位者不易，凡事不能只憑自己的心情。

可是知道……不代表就能理解。

我做錯了嗎？華深為我而死一事錯了嗎？戚貴妃不就是仗著家大勢大這一點，才敢肆意行凶嗎？我如今才深刻地體會到，遲到的公正，跟不來沒什麼不同。

「皇帝萬人之上，亦不能事事公平，所以……」我跪下開口：「人都是有私心的，若是皇上放過齊戎舟，我會勸說父親辭官回鄉，永世不會返京追究戚貴妃一事。」

「妳要離開？」仲溪午在我面前緩緩蹲下。

「對，齊戎舟的一條命，換我對戚貴妃的既往不咎和父親的辭官歸鄉。於皇上來說，不算吃虧。」

華深作惡多端，可是曾經的我也不會旁觀牧遙去陷害他。知道他被害的真相，我一度也想不惜一切代價讓戚貴妃償命，這個心思我在很多人面前都表露過。

因為我知道這個世道不公，殺人償命永遠是針對無權無勢之人。

因為我知道在這裡，人情凌駕於律法之上。

華戎舟為護我，無數次歷險，他對我一片赤誠，我又豈能負他？人心都是肉做的，水滴還能穿石。

我遇見他以來，他待我如何，我自然再清楚不過，既然這個世道本就不公，我又何必寬以待人，嚴以律己？他從未主動去殺無辜之人，而律法也從來都不能照顧到所有的情況。

「我說過不會揣測妳，可是妳從來都沒有信過。」仲溪午起身，笑了起來，只是這笑聲讓人心頭鈍鈍地疼。

「也罷，既如此，我也不枉費心思了，只是……什麼事都能依妳，唯獨妳想帶著那個侍衛離開京城去生活……此事絕無可能。」

仲溪午的聲音帶著幾分冷意。

我抬頭對上他的雙眸，只覺得遍體生寒。他雖一貫溫潤有禮，可是，他是帝王，和仲夜闌是親兄弟，骨子裡還是少不了皇室的狠厲。

同時我心裡又有些可悲，他還是不明白我想說的話，我們兩人都像是在自言自語。

「皇上此話何意？」

只見他走向書桌，翻了半天，衝我丟過來一個小匣子。我心中疑惑，伸手打開後，頓時如墜冰窟。

這裡面，全是我之前搜刮的華相罪證。

被我翻了無數遍的東西，我自然再眼熟不過，所以也不必再細看。

「銀杏是你的人。」

這是肯定句。

仲溪午不語，我手指一點點收緊。「你方才還說我不信你，卻在我身邊安插了這麼一個人物。」

我向來防備心重，很難相信他人，能接觸到我梳妝檯的只有千芷和銀杏。梳妝檯上首飾盒子眾多，一般人也不會翻找。

和離前，銀杏處處引我撞見仲夜闌和牧遙相會的場面；我出門，仲溪午卻每次都能找到我，我雖然覺得有異，卻也不曾放在心上。

可真是一步……出人意料的棋，殺得我如墜冰窟。

「我知道，如今無論我如何說，妳都不會再信，但是妳和華相想這般輕鬆地離京，卻是不行。」仲溪午開口。

「也是，這上面的種種罪行累加起來當誅九族，不如皇上賜我一死。」

仲溪午走到我身前，伸手把我拉了起來。「妳明知我的心思，為何還要說這種話來刺我？」

「我知道你的心思？」我看著他，如同第一次見到他。「仲溪午，我從來都不知你的心思。」

仲溪午與我對視了許久，這是我第一次直呼他的名字，最終他只是鬆了手開口：「我給妳這些不是要問妳的罪。」

「那是為何？」

「妳方才說以……戚貴妃之事換妳那侍衛安全，可以。那若想換華相安全，妳要親自揭露這些罪證。」仲溪午開口。

心裡一瞬間出奇地冷靜，彷彿再也沒有波瀾，一直以來我的猶豫、我的遲疑，此時都消失了個乾淨。

我的手指在盒子上劃出淺淺的痕跡。「為何要我來做？皇上不都已經將證據握在手裡了嗎？」

仲溪午看著我，眼裡明明滅滅，是我看不透的神色。「屆時妳就知曉了，下月初五宮宴上，妳若是當眾公布這些，我便饒華氏一族性命。」

是怕在朝堂上揭露華相的罪惡，會有無數支持他的黨羽嗎？所以由我，他的親生女兒來做，便無人能反駁了。

我忍不住笑了。「皇上可真兒戲，這罪說罰就罰，說赦便赦。」

「淺淺……」

仲溪午似是想拉我，我側身躲了過去，他懸在半空中的手顯得有些可憐。

我垂頭開口：「皇上金口玉言，我現在就去接華戎舟出獄，下月初五，定如皇上所願。還有銀杏，皇上自行召回吧，我是不敢再用了。」

我起身就走，卻聽他的聲音從身後傳過來：「淺淺，我所做一切都只為讓妳能站在我身邊。」

我沒有回話，只當是不曾聽過，逕直走了出去。

外頭的太陽太刺眼，照得人頭發懵。

第十六章

妳不信我，從來都沒有信過我

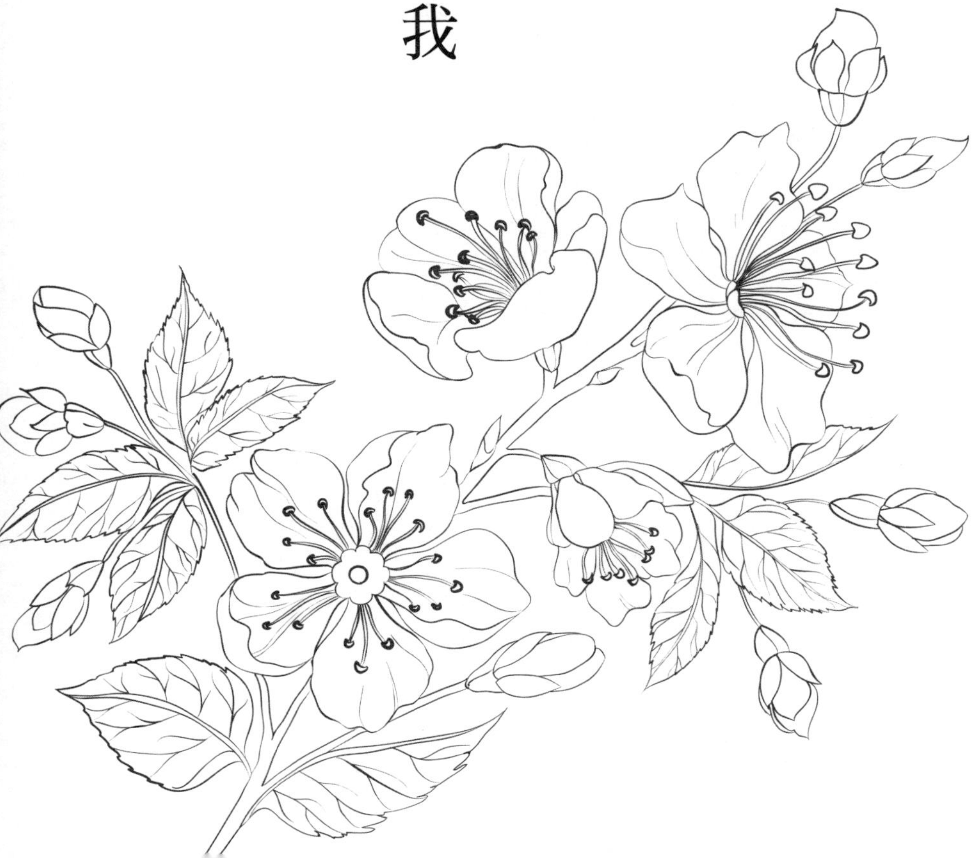

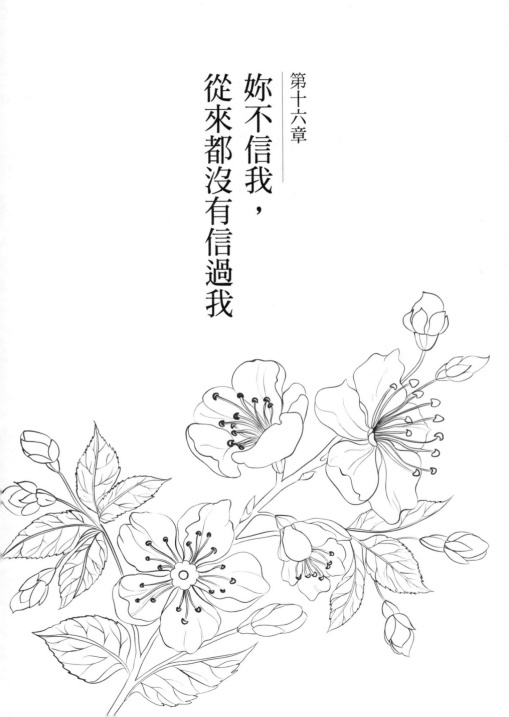

54

離宮之後，我的馬車逕直駛向了京兆尹衙門的方向，坐在馬車裡，感覺今天這一路似乎格外顛簸。

我從懷裡掏出來一個小瓶子，是個一直被我藏起來的藥瓶，今日帶出來本想說個清楚明白，斷個乾淨徹底，現在看來……它無用了。在手心裡把玩了許久，我最終還是抬手丟出了車窗。

那是裝止痛藥的小瓶子，正是我之前給仲溪午塗過的傷藥。

獄卒似是早得了通知，我到之時，就已經解開了華戎舟的枷鎖。

華戎舟安靜地待在一片髒亂之地，臉卻異常白淨，我此時才覺得心裡沒那麼壓抑，勾了勾嘴角說：「出來吧，我來接你回去。」

他縮在牆角一動不動，看著我的雙眸如同雨後的天空，透著煙青。

我靜靜地在門口等著他，許久後他才有了動作。

剛走到我身邊，他就皺眉問：「妳怎麼了？」

「沒事。」我微笑回應。

「騙人。」華戎舟看起來像是有些不開心。「妳不會說謊，不想說可以不用說話。」

我不語，攜了他一同出去，抬步正欲上馬車，卻一腳踩空，還好身子被華戎舟及時扶住。

「小心你的傷……」話未說完，我只覺得天旋地轉，華戎舟竟然把我打橫抱進了馬車裡，饒是我一直心情低迷，也被驚了一下。

「華戎舟，你是不是……有雙重人格啊？」在馬車裡，我忍不住開口。

「那是什麼？」華戎舟懵懂地看著我。

我心頭覺得不對，卻又說不上來，畢竟如今的事情可不少。

到了華府，我帶著華戎舟回了院子，便吩咐他去梳洗，然後自己一人打包好一個包裹。

銀杏已經沒了蹤跡，如今這院子裡所剩之人越來越少，最後或許只會留下我一人。

約莫半個時辰後，華戎舟精神抖擻地走了進來。他洗了個澡，又換了身衣服，看著又是個氣宇軒昂的少年郎。

迎著他閃閃發亮的雙眸，我把準備好的包裹一推，開口：「這裡是些銀兩和吃食，你沒有賣身契，所以我準備了這些東西。」

然後我就欣賞了一齣名叫變臉的戲劇，華戎舟方才還熠熠生輝的面容，一下子就變得陰暗起來。

看著他緊握的拳頭，我抬手揉了揉眉心說：「你殺人終究是錯，我保你一命已是仁至義盡，日後你就去另尋出路吧。」

「小姐之前不是說過，不會丟下我一個人嗎？如今卻也要拋棄我……」華戎舟開口，語氣雖不見悲涼，卻讓人揪心。

這個人慣知打蛇打七寸，知道什麼話讓人聽了最難受。

只是我如今已是自身難保，先前想著和他一同歸隱，沒想到卻出了銀杏這一茬，我身邊自是留不得人了。

「嗯，你走吧。」我狠了心不去看他。

「小姐府上的人，應該沒有打得過我的吧？」

聽到這句話，我下意識地抬頭，卻看到華戎舟又說道：「所以我不願走，就沒人趕得走我。」

我愣了許久才反應過來，這是那個敦厚老實的華戎舟嗎？我當即握拳開口：

「你的意思是，現在連我也做不了你的主了，是嗎？」

華戎舟睫毛顫了顫，終是垂下去遮住了棕色的眼眸。「妳之前說過要和我一起離開的，剛才又說是接我回來，我都已經相信了，怎麼現在小姐卻出爾反爾了呢？」

穩了穩心神，我開口：「今時不同往日，我已經——」

「若是小姐怨我濫殺他人，那我日後沒有妳吩咐，絕對不會出手，之前都是為了自保……」不等我說完，華戎舟就又接話。我第一次覺得他這麼難纏，於是我收起了所有表情，板起臉，準備厲聲趕他走。

卻見他手腕一轉，左手拔劍，開口：「若是小姐心中不信，我可以廢了自己右手以表決心。反正我學武從來都不是為了報私仇或恃強凌弱，這一身武藝從來都只是為了護妳。妳若不願，我丟棄了也沒什麼可惜。」

我匆忙伸手拉住他，卻見他右手腕有一道淺淺的劃痕，驚得我全身發麻。

我知他雖性子綿軟，但是向來執拗，卻沒想到會到這種地步，所以本來想用的「接受不了他殺人才趕他走」這個藉口只能夭折。

我扯著他的手，看著這個已經比我高了一頭的人，他眼裡滿是「妳若趕我走就是不信我，那我就自己廢了武功」。

對付別人我向來手段萬千，卻唯獨拿他沒辦法。

「小姐之前說過，若離了京城，身邊就只剩我一人，所以不要再用什麼理由趕我走了，因為我放心不下妳孤身一人，而我……從頭到尾也都是……只有妳……」

華戎舟眼眶發紅，聲音越來越低，小到幾乎聽不見。看得我也心頭發酸，他才十幾歲，受盡了人間苦難後，卻仍是一心想著對我好。我給了他希望，現在又想……丟下他一人。

「不走了，不趕你走了，趕緊把劍給我收起來。」我甩開他的手說道。

華戎舟眼眸頓時鮮活起來，只是那裡面的欣喜，讓我不由得背過身去，本來一肚子的氣也嚇了回去。

讓他離開本是為他好……算了，還是想其他法子吧。

歇了一日後，我便修書一封寄了出去，等待回信期間，我難得地去了一趟華夫人的院子。

李嬤嬤守在門外，看到我，眼眶頓時紅了。「小姐終於來了，老奴還以為小姐記恨之前夫人失言之詞，再也不會來了。」

我握住她的手。「是我不孝，這些時日，辛苦嬤嬤了。」

李嬤嬤抖著嘴唇開口：「不辛苦、不辛苦……」

說著進了裡屋，只見華夫人拿著一張繡品，自顧自地繡著。她看著老了許多，滿頭華髮，自華深被害以來，她一直閉門不出。

心中的愧疚彷彿要生吞了我的心肝，華深為救我而死，我卻為了華戎舟放棄給他報仇。不過就算我想報仇又能怎麼樣？這裡沒有法庭，仲溪午執意袒護，我又能拿戚貴妃如何？

我沒有超能力，也沒有滔天的權勢，作為一個女配，穿越以來我處處受制，事事殫精竭慮，卻始終有我做不到的事情。

我不可能拚了自己的性命去和戚貴妃同歸於盡，所以我只能把此事當作一個籌碼，給自己謀取最大的利益。

這就是我，不幻想不可能之事，永遠都清醒著，然後理智冷漠到自己都厭惡的我。

我在華夫人身邊落座，輕聲開口：「娘親，女兒來看妳了。」

華夫人刺繡的手一抖，身子卻沒有動。

我就這樣把頭靠在她背上，雙手從背後環住了她的腰，開口：「女兒不孝，讓娘親受累了。」

華夫人抬起一隻手，用手背堵住了嘴，嗚咽聲卻斷斷續續地傳來。我眼眶發熱，嘴裡輕聲低語著：「娘親，女兒想妳了。」

華夫人這下再也忍不住了，轉身將我攬到懷裡，放聲大哭：「是我是非不分，責罵妳，傷了妳的心，是母親不慈啊……」

這一刻我無比後悔，若是早日多親近華夫人一些多好啊。或是……狠下心從頭到尾都不理會也可以啊，這個時候這樣做，豈不是讓她日後更難受嗎？

可是……可是就算是在現代，我也不過是剛畢業的年紀，本該親朋環繞，對未來滿是憧憬，誰知偏偏來到了這裡，來到了這個滿是……壓抑和不公的地方，小心翼翼地求生。

前途已經一片漆黑，如今我只想肆意妄為，不再委屈自己。

與華夫人一頓號啕大哭。都說母女連心，果然無半點虛言，這一頓哭竟然讓我和華夫人之間少了許多隔閡。

華相聽說我和華夫人解開了心結，一時也開心不已，華府的氣氛倒是自華深下葬以來，空前地輕快起來。

我小心翼翼卻又貪婪地享受著這些寧靜。

這樣過了半個月，我終於接到了回信，而此時已經到了初四，晚餐過後，我單獨去尋華相。

「明日宮裡人多眼雜，母親身體不好，還是不要去赴宴了吧。」我努力擠出幾分憂慮之色，不過這其中也有幾分真，畢竟我擔心華夫人受不得宴席上我引發的刺激。

華相猶豫了一下，點了點頭。「也是，終歸這宮宴也沒什麼看的，妳母親不去也落得清淨。」

我點了點頭，又開口：「父親可有想好辭官之事？」

華相捋了捋鬍子，才開口：「妳哥哥靈牌已歸位，現在我唯一的心結就是找出那害了妳哥哥之人，若是能有結果，我便是死了也甘心。」

我按捺住心口的疼痛。「父親莫要這樣說，有我在，定會護父親和這華府安全。」

華相笑了笑，伸手揉了揉我的頭髮開口：「好孩子。」

回了院子，思來想去後，我叫來了華戎舟，遞給他一遝銀票。「明日你去幫我辦一件事，父親過段時日就要辭官致仕了，我和父親方才商議了要去江南定居，你先去那邊尋一處好宅子，方便我們落腳。」

華戎舟皺眉，並沒有接。「為何要我提前去？妳這看著像是在支開我。」

我心裡一跳，面上卻無半點心虛，笑吟吟地說：「早些籌備肯定是好的，免得到時候搬遷時手忙腳亂。你就提前去安置一下，然後等我們前去。」

見華戎舟還是心中存疑，我抖了抖手裡的銀票繼續說：「我這院子只剩你和千芷兩個人了，千芷到時候會留在京城嫁人，如今我身邊能用和能相信的人，也就只有你了。」

聽我如此說，華戎舟總算是臉色好了一些，卻還是不接銀票。「我還是覺得小姐是在想著法子趕我走。」

我心裡一跳，面上卻皺眉開口：「你這一去最多半個月，這麼短的時間，我和華府還能跑了不成？」

華戎舟垂頭仍是不應。「我覺得還是到時候一起走比較好，我是真的不放心留小姐一個人。」

我故作惱火地開口：「守著這麼大的華府、這麼多的人，我又不準備遠行，你有什麼不放心的？讓你辦個事還推三阻四的，不願意做，直說就是。」

說著我就準備收手，結果手裡的銀票被華戎舟拽住，我聽到他遲疑的聲音：「我不是不願做，那……我明日出發就是了。」

「好，我等你消息，記得多挑幾個住處，到時候讓父親做決定。房子不要在太繁華的地方，也不要太偏僻。那是我們以後生活的地方，你可要上些心。」我做出一副不放心的模樣囑咐。

華戎舟目光灼灼。「小姐吩咐之事，我沒有辦不到的。只是妳可要說話算數，莫要騙我。」

「你不是說我一向不會騙人嗎？還擔心什麼？」我衝他翻了個白眼。華戎舟總算是沒有再多問了。

看他下去收拾東西，我心裡才鬆了口氣，總算把他蒙過去了，這人不知道是不是會讀心術，每次我想什麼他都能輕易看出來。

明日之事……唯恐會連累他，屆時他定會為護我而鬧起來，萬一惹惱了其他貴人就糟糕了。

去江南加上房子選址，這一來一回少說也要半個月。就算他中途聽到了消息想趕回來，那邊……也有人讓他回來不了，一切只等塵埃落定。

初五宮宴，我沒有帶千芷，而華戎舟堅持把我送到皇宮門口。

下了馬車他又附在我耳邊開口：「小姐，記得快些去尋我，要不然我就回來找妳了。」

他直起身子，目光明亮地看著我，然後衝我一笑，才背著行李策馬離開。

我看著他離開的身影，張了張嘴，還是沒有說出半句話，應該沒有人會因為另一個人的離開而活不下去吧。

最終我轉身進了宮門，那扇大門如同一條分界線，我們之間的距離越來越遠。

此去經年，天涯路遠。我這一步步走得著實辛苦，若我一開始就不是華淺，該有多好。

進了大廳，我和華相相挨坐於席上，片刻後，戚貴妃也出席了。

想著這宴會才剛開始，時間還久，我就託身邊宮婢去傳了個口信，然後起身離開。

我的一舉一動皆在仲溪午眼皮子底下，我也沒想避諱他，畢竟他瞭解我，知道我不可能亂來。

尋了處無人的地方，不過片刻，戚貴妃就款款而來。

「妹妹這樣著急地喊我出來是為了何事呀？」戚貴妃走近，一陣香風撲面而來。

我並未答話，只看向她的左右。她得了暗示，便抬手讓左右退下。

宮婢們都退開了數步。沒了人影，戚貴妃才拉住我的手又開口：「妹妹怎麼看著好生冷漠，是遇了什麼事嗎？」

我微笑著抽出她握著的手，拿起手帕擦了擦。她臉色一僵，頓時笑容也不自然了。

「戚貴妃還是別玩這套姊妹情深的把戲了，平白讓人作嘔。」

戚貴妃眉眼裡閃過一絲怒意，卻笑容未減，言語故作糊塗：「妹妹今兒是怎麼了？」

看她還裝，我直接說道：「皇上對蜂蜜過敏之事，貴妃莫不是忘了？」

戚貴妃拿帕子遮住了嘴，雙目圓瞪，驚訝地說：「還有此事？我只道皇上喜甜，就猜這蜂蜜他也定是喜歡，妹妹是因此事才對我這般疏離嗎？我是當真不知道……」

「妳天天演戲不累嗎？」我打斷了她的話。「妳應該不會想到我會直接去問皇上吧。」

戚貴妃掩著嘴的手一停，卻並未作聲。

她只當我是一心想討好仲溪午才進宮，所以認為我絕不會直接去問仲溪午。

換言之，我若不信，她無害處，她那日在我耳邊說的，無旁人知曉；我若信了，她也能推得一乾二淨，於她而言百利而無一害。

戚貴妃眼珠轉了轉，又露出悲戚之色：「妹妹真真是冤枉我了。」

我卻不同她演戲。「妳若再這樣下去，那我們今天就不必再談了。」

戚貴妃放下手帕，也收了委屈的表情。「談什麼？」

「談談妳為何要殺我。」不等她繼續露出震驚的臉色，我就又繼續說：「我既然問了，就是確定，妳也不必再演這拙劣的把戲。方才妳肯定也看過這四周，此處除妳我外，再無旁人，我不是在詐妳，所以妳可以大膽地直說。」

戚貴妃看著我，頓時恢復了高高在上的貴妃模樣，顯得前所未有地冷漠。「妳是怎麼知道的？」

「是妳告訴的我啊。」我挑眉說道。

戚貴妃眉頭一皺，我就又道：「我之前無意中說過，中秋午宴刺客的目標是我，當時貴妃聽了，竟無半點驚訝。」

知道這件事的，除了我和華相、華夫人，就只有……幕後真凶了。我一開始只是懷疑，是牧遙的信把此事敲板定案。

「原來妳從那時候就懷疑我，這倒真是我大意了。」戚貴妃冷笑一聲。

「畢竟貴妃向來都待我不同於常人，我知自己並無長處，難免心生疑惑。原本就是隨口一問，沒想到有了意外收穫。」我回覆：「我沒想明白的是，究竟是何事讓妳對我起了殺心。」

「怪就怪妳自不量力。」戚貴妃冷嗤一聲。

我不語，她繼續說：「妳既耍了手段得了仲夜闌，又何必去招惹皇上？朝三暮四的這般做派，真是讓人不齒。」

我皺眉：「我何時招惹皇上了？」

戚貴妃嘲諷地看著我。「妳當我是蠢的嗎？自妳成婚以來，皇上看妳的眼神就格外不同。皇上向來重兄弟情分，若不是妳刻意招惹，他又怎會生出旁的心思？」

這後宮裡的女人果真是被困的時間長了，心理都變得不正常，所有不如自己心意的事，都能在旁人身上找藉口。

「皇上生的心思，妳卻要殺我？柿子拿軟的捏嗎？」

戚貴妃勾著嘴角開口：「若妳是清白之身，我自然不會插手，怪就怪妳是個棄婦，還妄想不該有的東西，我怎能眼睜睜看著妳禍亂宮闈？」

聽到這裡，我突然笑了。

戚貴妃皺眉：「妳笑什麼？」

「笑妳口是心非啊。」我笑容不減。「明明是畏懼我會搶妳權勢，卻還義正詞嚴地說為皇上著想。」

戚貴妃雙目一瞇，看著我時是毫不掩飾的殺意：「妳……」

「太后還健在，什麼時候輪到妳來主持宮闈了？」

我冷眼射向她，把她看得不由自主地一退。然後她瞬間面生惱怒，估計是氣自己會被嚇退。

只見她深吸了口氣，開口：「妳不過仗著自己是宰相之女，卻不想想自己身為棄婦，有什麼資格指責我？」

我勾唇看著她開口：「妳忌憚我，不就代表了我若是想，便能輕而易舉地把妳踩在腳下嗎？」

戚貴妃氣得手發抖，眼神裡卻透露了些許不安。

我見此就又開口：「妳該謝謝我，謝我放過妳。我本就不想進宮，可是妳偏偏這般對付我，我可是差點就想……把妳的恐懼變成現實。」

「賤人，妳、妳痴心妄想……」戚貴妃抬起手，似是想打我。

我迅速側身避過，她一個趔趄跌倒在地。

養尊處優的生活真是把人都養廢了，打人的動作都這麼慢，還等著人把臉送到她手上嗎？

56

她掙扎著想起身，只是宮裝太笨重，一時起不來。我蹲了下去，伸手抓住她的頭髮，然後狠狠地把她的頭按到了地上。

她正欲尖叫，我手一用力，她就閉了嘴。地上石子尖銳，我稍用些力便會磨破她一邊臉頰。雖只是破了層皮，但對於她這種身分尊貴、愛惜容貌之人，恐怕也是駭破了膽。

「妳這個……賤人，竟敢……」戚貴妃身子抖個不停，不知是氣的還是嚇的。

多虧我穿越過來之後一直鍛鍊身體，之前是為了給仲夜闌擋箭，之後是為了自保，戚貴妃本就比我矮了半個頭，現在降服她也不是太難。怪就怪她太自負，早早支開了宮人。

「妳給我聽著，是我不要那後宮之位，可不是我怕了妳；妳視如珍寶的，可是我看都看不上的。」

戚貴妃眼神似是要殺了我。「妳瘋了嗎，敢這樣對我！妳就不怕我要了你們華府上下的命？」

「恐怕妳這輩子都沒機會了。」

笑話，我馬上就要自首了，她可搶不到掀翻華府的機會。

「別以為妳那混蛋兄長給妳擋了一劍，妳就能安然無恙。早晚有一天我會讓妳……」戚貴妃嘴上還是罵罵咧咧的。

我的手一縮，一直壓抑在心底的戾氣噴薄而出。

這個人真是不知死活，我本來只是想在自首之前打她一頓出口氣，畢竟我現在過一天少一天，可是她偏偏提到了華深。

為護我而死的華深，這是我最大的愧疚和傷痕。

我緩緩鬆開抓她頭髮的手，她雙手撐地，似是想站起來，我手一抬，她下意識地護著臉，然而動作還是慢了一步。

一滴滴鮮血落了下來，慢慢地越來越多。她顫抖著手摸了摸臉，看見自己一手鮮血，然後……眼睛一翻昏了過去。

我毀了這後宮女子最為珍貴的東西，她定是沒受過這種驚嚇吧。看著她一邊臉上的一道劃痕，我忍不住嘖了嘖，也太膽小了吧，一道傷痕還華深一條命，她可是占了大便宜。

我慢慢地把手裡的小刀變成鐲子戴了回去，抬步朝另一個方向走去，就看這貴妃的宮奴什麼時候能發現她了。

我這麼有恃無恐，是因為今晚還有更重要的事情，所以無論這個時候發生什麼，仲溪午都會壓下來，讓我能順利陳情。

我答應過他不追究華深之事，可心裡到底是意難平的，戚貴妃看起來也沒有半點虛心悔改的模樣。

我只答應仲溪午饒過戚貴妃的命，這也不算食言。

而我之所以還願意留著戚貴妃的命，是因為仲溪午明知那日刺殺是戚貴妃所為，卻多次壓下來，阻止我探查。這就證明他對戚家有所忌憚，留著戚貴妃的命是他的底線，我不敢碰，也不能碰。

不出所料，我回了宴席後，不過半刻鐘就有公公面色驚慌地走進來，附在高禹耳邊低語。

高禹極為驚訝地掃了我一眼，走到仲溪午身邊竊竊私語。

一瞬間仲溪午就轉頭看向我的方向，我毫不膽怯地瞪了回去。最終他只是勾了勾嘴角，似是有些無奈，接著抬了抬手讓高禹出去，應該是讓他去壓下消息。

我收回目光，瞪著面前的酒盞，耳邊響起華相的聲音：「這宴席之上的菜品是不是不合妳的胃口？那等下回去我再帶妳去吃些別的。」

迎著華相慈愛的目光，我深吸了一口氣，讓一直飄浮的那顆心落了地。「恐怕沒有這個機會了。」

華相難得露出疑惑的表情，我勉強勾起嘴角低聲開口：「父親，接下來無論女兒做什麼，都是想護下華府。」

正好這時候歌舞結束了，華相想開口說話，但我已經起身走到空下來的殿堂中央，跪了下去。

「淺丫頭，這是做什麼？」太后的聲音遙遙傳來。

我抬起頭，看到太后雖皺著眉，目光卻並無不悅。皇冠上垂下來的珠簾，擋住了一旁仲溪午的雙眼，我看不清他的神色。

宴席上漸漸安靜下來，眾人都看向我，我從懷裡掏出那遝紙，伏在地上將雙手抬高過頭，開口：「回稟皇上、太后娘娘，臣女有事要報。」

「何事？」仲溪午的聲音遙遙傳來，顯得遙不可及。

我深吸一口氣，大聲說道：「承蒙皇上和太后娘娘一直以來的厚愛，然華氏一族之作為，實在有愧於皇恩，臣女心中難安，今日特來請罪。」

殿堂頓時安靜得如同無人之境，仲夜闌的聲音卻響起：「阿淺……」語氣帶著些許暗示，他應該是猜到了我要說什麼。

我不理會，繼續說道：「兄長華深自幼頑劣，家父未曾嚴加管教，使其為禍一方，教子不嚴為罪一。」

「華府侵占民田，驅趕農夫，使諸多農家妻離子散，魚肉百姓為罪二。」

「淮南水患，令華氏一族押送賑災銀兩，然到淮南時銀兩只剩一成，貪贓枉法為罪三。」

「先時官員牧氏一族皆為忠良，然家父因一己私欲，構其罪名，陷其流放，惑亂朝綱為罪四。」

……

椿椿件件，我一字一句地把所有的罪行都說了出來。說完後，宴席上全是倒吸涼氣的聲音，估計沒見過像我這麼狠的白眼狼。

我不敢去看華相的表情，也未曾聽到他的聲音。

仲溪午的聲音最先響起來：「呈上來。」

一個小太監一路小跑過來，可能太過驚慌，還跌了一跤。他接過我手裡的狀紙，一瘸一拐地遞給仲溪午。

所有人都靜靜地等著仲溪午發話，最終他開了口：「晉王妃可知此事？」他問的是牧遙，前些時日，她已經從側妃升到了王妃的位置。

牧遙起身看了看我，眼裡滿是震驚，估計她不明白，她明明已經答應放過華府了，我為何還這般行事。

最終她看向仲溪午，行禮開口：「回皇上，臣婦一介婦人，不懂朝堂之事。只是家父受皇恩早已離京，往日之事更是無跡可尋。」

難得沒有落井下石，還真是大義。

仲溪午沉吟片刻，才開口：「那就先拿下華相，這上面樁樁件件，日後一一查證。」

我不由得抬頭看向父親，卻見他看著我，目光裡無半點責怪，反而從容坦然。

我之前還懷疑過他是否真心想辭官，這一刻我相信了，我低估了……為人父母對子女的情感。

我不曾告訴他今日之事，因為這是仲溪午說的保下華氏的唯一出路，我沒有得選擇。但我萬萬沒想到，華相竟然並不怪我。

仲溪午從高臺走下，一步步走到我身邊，帶著鬆了口氣的欣喜開口說：「我知妳向來明事理，果然沒看錯。妳此番大義滅親，實為女子表率，我不會遷怒苛待於妳，我宮裡——」

「皇上。」我開口打斷了他的話。「臣女還有話要說。」

仲溪午眉頭一皺。

離得近了，我終於能看到他的雙眸，聽到我的話後滿是不安。

原來他也不是胸有成竹啊，還是會擔心我突然變卦。

侍衛此時還未押解華相離開，我便大聲說道：「所謂父債子償，天經地義，家父罪孽深重，我亦不能免責。今日我所行之事已違人倫，請皇上讓我代父受過，也算全了我的一番孝心。」

「淺兒，不要胡鬧……」華相的聲音傳來，終於不復剛才的沉穩模樣。

「妳明事理，不讓華相就此錯下去，已是孝。」仲溪午的聲音也響起，帶上了幾分警告。

我不理會，又說了一遍：「皇上仁慈，我不能心安理得受之，請皇上下旨，臣女願代父受過。」

大廳裡格外安靜，都看著我和仲溪午，一個站著一個跪著。

「妳當真要和我賭氣？」仲溪午蹲下，看著我開口。

「皇兒……」太后的聲音傳來，帶著斥責。

這裡這麼多人，仲溪午的話已經很是出格了。

「出去。」

大廳裡異常安靜，無人理解仲溪午之語，無人有動作。

57

「都沒聽到嗎？全部給我出去！」仲溪午的聲音冷厲得如同一支利箭，射穿了這宴會上詭異的安靜。

太后本想說什麼，對上仲溪午的目光後，也打著圓場說今日宴會就此結束。

宴席上的人面色各異，卻還是一一起身離開。

最後走的是太后，她經過我身邊時，停了一下，我感覺脊背上似是有針扎上來。她沒有說話，逕直離開了，可腳步卻重了許多。

直到這大廳只剩我們兩人，仲溪午才有動作，他伸手欲拉起我。「別跪了，傷膝蓋。」

我甩開他的手，聲音止不住地發抖：「你是瘋了嗎？」

仲溪午見我不動，他也仍舊蹲著，目光無波。「我是瘋了，被妳逼的。」

我跌坐在地，他繼續說：「我說了會保華相，會保你們華氏一族，為何妳還要這樣拉自己下水？」

我不說話。

他雙手握住我的手臂，皇冠的珠簾掃過我的臉頰，冰涼徹骨。

「妳不信我，妳從來都沒有信過我。妳知道我為此做了多少努力？我處心積慮地拉攏人心，為妳鋪路，就是為了今天能名正言順地把妳——」

「把我收入後宮嗎？」我抬頭看著他說：「皇上可曾在乎我的想法，在乎我是否願意？」

「妳為何不願？」仲溪午的手似是要將我的雙臂扭斷。

「因為我這個人……膽小又怕事，後宮裡人太多……是非也多，若是有一天我站在皇權的對立面，皇上還敢力排眾議，選擇保下我嗎？我從頭到尾都只不過是想……簡單地活著。」我閉眼說道。

仲溪午鬆了手。「那妳有問過我嗎？妳怎知我不會選擇妳？」

「還需要問嗎？你的位置註定了牽一髮而動全身，我為什麼還要抱希望？」

「說到底妳還是怕了，妳怕麻煩，妳怕困難，可是妳唯獨不怕沒有我。我在妳心裡的位置低到總是第一個就被放棄。」仲溪午語氣滿是悲涼。

我握緊手直視他，開口：「不是我放棄的，是你自己選擇的，是你主動選擇的……保下戚貴妃，我曾經給過你很多機會，可是你始終選擇緘口不語。」

仲溪午身子一僵，我裝作沒有看到，繼續說：「你的做法或許沒有錯，我知道你肯定有不容反駁、身不由己的理由。可是，仲溪午，被誤害的那個人是我哥哥，是唯一一個愛我、疼我、護我還不求回報的親哥哥啊……你怎麼能問都不問，就直接想將此事瞞過我？」

我想我的眼眶應該是紅了，因為我已經無法看清眼前人的面容。不過這樣也好，看不到他的表情，我也就能再狠心些。

「這樣的你……讓我還怎麼相信日後你會一成不變地……選擇我？你的權勢太大了……」我低頭揉了揉眼睛，喃喃著如同自言自語：「你需要顧忌的也太多了，你的心裡……或許此時有我，可是一個皇帝的心裡，需要裝的人太多太多了。」

「好、好、好……」

仲溪午一連說了三個「好」才起了身，身形似乎有些踉蹌。「我曾說，我所做一切都是為護妳一世安穩，妳不信我也罷，只是我也說過，不會放妳離開。」

仲溪午抬步繞過我向外走去，我跪坐在大廳一動不動，突然有點想笑，為什麼想要簡單地活在這個世界上，就這麼難？

我不是不信他，而是他自己還不清楚……他根本做不到。

接下來的幾天，我都被軟禁在一個不知名的宮殿裡，仲溪午沒有出現過，我現在身邊只有一個……銀杏。她一如既往地服侍我，我懶得和她計較前塵往事，權當她不存在。

仲溪午這樣關著我，也不知道是想怎樣。我違背了他的意思，他又該如何收拾這殘局？

宮殿外時常傳來喧譁聲，似乎是戚貴妃清醒過來，要找我拚命，可是重兵把守，她只能每日在外面叫罵，據說她那張如花的臉上的刀痕無法消除了。

她想報復華府，華相卻倒了，人也被仲溪午牢牢看住；想報復我，卻沒辦法闖進來，她因此氣得都要瘋魔。

銀杏為博我開心，便日日給我說戚貴妃的醜態，我聽著卻是無感。

在這裡我第一次體會到了度日如年。被關了十天後，仲溪午終於露了面。他向來和煦的面容如今全是陰鬱，讓人不忍多看。

我不語，自己坐著，只當看不見。

仲溪午走到我身邊：「淺淺，都過去十天了，妳還不願理我嗎？」

語氣中明顯的討好讓人心酸，我還是冷了臉說：「皇上說笑了，我一個罪臣之女哪裡敢？」

他在我身邊坐下，如同自言自語：「自我記事以來，只見過我的外祖母四、五次，他們久居南方。便是我做了皇帝，何氏雖是我母族，也不敢隨意進京。妳可知為何……」

我側身，不欲聽他所言。

他終於冷了口氣：「妳這般模樣當真是什麼都不在乎了？那個被妳支開的侍衛妳也不在乎嗎？」

「你什麼意思？」我陡然回頭，他目光一縮，明顯像是被刺痛了。

「妳終於願意聽我講話了？」仲溪午還是陰著臉說。

「你方才說的是什麼意思？」我心頭發冷。

「妳以為妳把他支開，還找了個人看顧，我就無可奈何了嗎？」

他是認真的，因為他眼裡已經有了殺意，倉皇間我看到了手上的鐲子。想起華戎舟曾經的舉動，我忍著顫抖，動作極快地取下鐲子。「你若是敢動他分毫，我便……」

後半句威脅再也出不了口，因為我的手連同手裡拿著的小刀，通通被他握住，溫熱的液體滲過指縫流經我的手腕。

仲溪午看著我，眼眸裡似是有河流淌過。「妳喜歡過皇兄，又喜歡那個低賤的小子，為何……唯獨不能喜歡我？」

我想鬆手，可他還是握著一動不動，血越來越多，我再也止不住顫抖，無論是身體還是聲音：「放開……」

「今日是臘月十五。」仲溪午突然開口。

他衝我一笑，臉色蒼白。「臘月十五是我生辰，之前在皇兄府上見妳做了長壽麵，我一直惦記著。惦記了這麼久，如今看來，我還是……無緣吃到。」

他鬆開了手轉身離開，腳步略微踉蹌，我如同一攤爛泥跌落在地，手裡的小刀也悄然滑落，只剩一隻被血液染紅的手掌。

這一招，一貫只對在乎你的人有用。

第二日我還未起，就聽外面一陣喧譁，接下來就見太后帶著人闖了進來，門口的侍衛全被她拿下，銀杏也被她叫人拉走了。

「不必給我行禮了，我受不起。」太后的聲音空前冷硬，像是我剛穿進來之時的樣子。

我堅持把禮行完。

她又開口：「妳當初是如何答應我的？結果如今還是和皇上糾纏不清，是把我當傻子蒙騙嗎？」

我跪著開口：「太后娘娘不都瞧見了嗎？若我是自願，又怎會被囚在這裡？」

「昨日……皇上的傷，可是妳所為？」太后緊盯著我。

「是。」我心裡出奇地冷靜，似是解脫一般，因為我知太后來意。從很早的時候，還沒參加宴席的時候，我就比誰都清楚自己的結果。

太后許久未語，過了一會兒才開口：「妳知道前朝是怎麼亡的嗎？」

書裡不曾提過，我搖了搖頭。

太后嘆了口氣才說：「前朝皇帝太過寵愛自己的皇后，導致皇后母族逐漸勢大，最終外戚隻手遮天，民不聊生，百姓才揭竿起義，顛覆了王朝。」

心裡一瞬間有一個念頭閃過，我卻不敢想。

太后並未察覺我的異樣：「所以建朝以來，我朝最忌諱外戚擾政，自我登上后位，我母族何氏便舉家搬至南方，年關也不能來往。帝王家最是不能重私情，想做好一個帝王，那他所有的感情都應該留給他的百姓子民。」

我深吸了口氣，穩了穩心神，努力趕走腦子裡面的雜念。應是我想多了，太后也說了，母族是可以歸隱的。

「皇上自小懂事知禮，卻為妳屢屢破戒，妳若入宮，恐怕這後宮再難太平。我知妳性情，本不欲同妳追究，可是如今他對妳的心思已經過重，昨日被妳所傷卻隻字未提，為妳掩飾。若是想坐穩那個位置，是絕對不能有弱點的。」太后低聲說，語氣帶著些許遲疑：「妳懂我的意思嗎？」

我心裡一片荒涼，勉強笑著說：「懂。」

「那就莫要我動手了。」

太后側過臉，一旁的小太監端過來一個托盤，上面有一盞酒。

我可能是瘋了，此時竟然有點得意，恨不得跑到仲溪午面前去說：「你看，我說對了，沒有人能一輩子護著另一個人，即便是……皇帝。」

太后開口：「我很早之前就提醒過妳，是妳沒有做到。」

我拿起來，看著明顯躲避我視線的太后，開口：「枉費太后娘娘的一片苦心，我實在慚愧，只求太后能保全我華氏之人，我再無他言。」

太后沉默了一會兒，才緩緩點了點頭。

我閉眼抬高了手腕，冰冷的酒水滑入腹腔，片刻後疼痛就漸漸傳遍全身。

先是疼，接下來就是全身麻木，無法動彈。這毒酒勁兒也太大了吧，是見血封喉嗎？

身子倒下去的時候，我似乎看到太后眼裡有水光閃過，還真是個嘴硬心軟的老太太啊。

意識的最後瞬間，我突然想起華戎舟來。

那個在宮門口騎馬離開的身影，那果真是我們的最後一次見面。他說若我不去，他便來尋我……恐怕我要永遠失約了。

模糊間聽到太后的聲音：「快、快些抬出去，別被人撞見。」

抬出去？是把我丟去亂葬崗嗎？那我是不是也太慘了？之後就是一片黑暗，再無半點知覺。

我孤身一人來到這裡，如今也要孤身一人……離去。

第十七章

大結局・上

58

「小姐，記得快些去尋我，要不然我就回來找妳了。」華戎舟留下這句話，就翻身上了馬，背過身後，嘴角便不由自主地勾起。

本來他是不願意離開華淺的，可是聽她說了那句話後就改變了心意，她說，那是我們以後生活的地方。

我們，生活……

多麼美好的詞啊，想想就讓人忍不住嘴角上揚。

自己努力了這麼久，終於能留在她身邊了。

當初被抓進牢獄後，他不合作才激怒獄卒，挨了一頓鞭子。畢竟他的過去確實不堪，怕她責怪就先自我懲罰一頓，小心翼翼地想要博得她心軟。

而華淺果然願意護著他，在牢獄門口對他伸手說「我來接你回去」的畫面，是他過去的人生裡最美好的光景。

帶著這種期待的心情，華戎舟日夜兼程行了八天，才到了華淺說的那個江南小鎮，這裡的確風景宜人，是個歸隱的好地方。

隨便尋了處客棧，就開始匆匆打聽當地的房屋住處，一連看了許多間都不滿意。

這個宅子不行，她向來喜歡安靜，這周圍的鄰居都太吵了。

這個宅子也不行，她閒來無事喜歡擺弄花草，這個院子太過偏僻，恐怕花草都難養活。

這個宅子還是不行，她喜歡吃水果卻又嫌棄別人買的不夠新鮮，所以最好找一個帶後院的，可以種些她喜歡吃的果子。

看了一個又一個的宅子，感覺哪一個都會有些委屈她。

尋了四、五天，又看了一處宅子，這宅子的後院有棵參天大樹，華戎舟翻身躍了上去，愜意地在樹枝上躺了下來。

這棵樹倒是不錯，方便遮蔭乘涼。她總是喜歡坐在屋簷下的躺椅上發呆，到時候可以給她在樹下綁個鞦韆，定會比躺椅舒服。

那就這裡吧。

華戎舟睜開了眼，棕色的眼眸如同狐狸的眼睛一般透著狡黠的光。也該回去給她去個信了，就說找好了房子，讓她趕緊來。

回客棧的路上，看到路邊有賣炒栗子的，想起那日華淺問自己要不要吃的模樣，他忍不住走了過去。「給我來一斤。」

賣栗子的小販一邊手腳俐落地裝著，一邊時不時地偷瞄著他面前的人。這人怎麼好像沒有見過？生得可真是好看。

察覺到小販不加掩飾的視線，華戎舟眉頭一皺，眼裡透出了些殺氣。他自小就因為相貌而受到過無數不懷好意的目光，因此對這種目光最為敏感，也異常厭惡別人打量自己。

除了華淺，誰多看自己一眼，他都感覺渾身難受。

小販嚇得手一抖，哆哆嗦嗦地把裝好的栗子遞了過去。

華戎舟丟下了一塊銀子就離開了。不能動手，她向來不喜歡無事生非的人。

到了居住的客棧，正欲上樓，耳邊傳來了大堂裡的閒聊聲，那個名字讓他忍不住停下了腳步。

「王兄可聽說了京城裡華相的事情嗎？」幾個讀書人模樣的人圍坐在一桌閒聊著。

一個長臉書生馬上搭腔：「怎麼會沒聽說呢？好好的一個宰相府，說倒就倒了。」

「據說華相還是被他養的女兒揭了老底，要我說，那個什麼華大小姐可真是心狠啊，好歹是自己的父親，竟然不留半分情面。」第一個開口的書生唏噓不已。

「你懂什麼！人家華小姐那是深明大義才會大義滅親，這換成尋常女子誰敢啊？我聽說她還求旨代父受過……」第三個書生插嘴進來。

「還有此事？如此說來，那華小姐可真是讓我等都自愧不如啊……」

……

書生討論的聲音不止，全然沒注意到樓梯間停了個俊美的少年。

他手裡的紙袋被捏破，栗子撒了出來，沿著樓梯滾落一地。

原來華淺騙了他，他還信以為真，滿心歡喜地四處看房子。

華戎舟最終抬步快速上了樓梯，進了房間拿起包裹就出發。

江南離京城太遠，京城裡的消息傳過來總是會晚上十天左右，也不知道她現在如何了。自己不在她身邊，她如今定是孤立無援，連個幫手都沒有。

一開門，門外卻站了一個人。這個身影不算太陌生，他們還交過手。

伍朔漠緩緩抬起頭，薄唇微張：「不好意思，受人所託，現在不能讓你離開。」

御書房外，一個小太監急匆匆地跑過來，太過著急還跌了一跤。

高禹一臉嫌棄地扶起他，教訓道：「小兔崽子，跟你說了多少次了，遇事穩重些。」

這個摔倒的小太監叫宋安，是高禹新收的徒弟。高公公見他為人實誠，手腳也快，便有心培養，收在身邊。不過到底是年紀小，沒見過世面，上次慌慌張張在御前摔了一跤，如今又摔在了門前。

宋安結結巴巴地說：「師……師父，皇……皇上……他……他……」

高禹一巴掌拍打在宋安頭上。「會不會好好說話？」

「皇上在裡面嗎？」

宋安終於流利地說出了一句話。

高禹瞥了他一眼，才開口：「皇上昨日飲了些酒，方才下了朝頭痛，如今還歇著呢，有什麼事等皇上醒了再說。」

宋安這次不結巴了：「可是師父，我方才瞧見太后娘娘往……那位宮裡去了。」

高禹臉色瞬間煞白，轉身就往房間裡走去。不知道是不是太過驚慌，他也腳下一滑，幸得宋安攙扶才沒有倒地。

方才還說我不穩重呢。宋安默默腹誹道，可接下來他就看到了一個更加不穩重的身影。

高禹剛進去片刻，一道明黃色的身影就在宋安面前一閃而過，宋安還沒來得及跪拜，人影就沒了，只看到自己的師父拿著靴子，趺趺撞撞地跟了出來。

皇宮西南角走了水，火焰燒紅了半邊天。仲溪午趕到時，只看到了熊熊烈火下的殘垣斷壁，火光也映紅了他的眼眶。

他彷彿不知，抬步繼續向裡面走，緊跟在他身後的高禹見此，趕緊上去扯住他的衣角，跪在地上開口：「皇上，這火勢太大，進不得人啊！」

仲溪午彷彿沒有聽到，高禹只得緊緊拉住他的衣角，止了他的腳步。仲溪午轉身就是一腳，正踹到了高禹肩上，高禹疼得齜牙咧嘴卻不敢放手。

一直在暗處的林江見此也出現了，他擋在仲溪午面前跪下。「皇上，卑職方才已查探過，這屋裡已經沒有……活人了。」

周圍一片寂靜，只有劈里啪啦的木頭燃燒的聲音，仲溪午僵在門外，不再往裡面闖，只是手上纏繞的紗布慢慢在變紅。

許久之後，才聽到他的聲音響起，帶著讓人喘不過氣的壓抑：「陳淵呢？你的副使去了哪裡？」

林江頭觸地開口，但沒有直接回答：「太后娘娘剛走。」

太后若想調開一人，自然輕而易舉，畢竟仲溪午可是從來不曾防備她。他以為太后同他一樣，喜歡華淺，所以一定不會對她出手。然而，他錯了。原來在這個後宮裡，只有他一人想要華淺平安。

見仲溪午一動不動，高禹這才小心翼翼地鬆開了手，將手中靴子給仲溪午穿上，然後就見他轉身離開。

太后宮裡，宮女、太監跪了一地。

「你們這些奴才是怎麼當的？怎麼能讓皇上衣衫不整地跑出來！再偷懶，哀家要了你們的腦袋！」太后拍了拍桌子，怒聲喝斥，太后的威嚴彰顯無遺。

一片求饒告罪聲響起，卻沒能壓下仲溪午清冷的嗓音：「母后為什麼要這樣做？」

太后面色不改。「奴才服侍不當，哀家還不能責罰了？」

仲溪午眼眶的紅還未褪去。「母后明知道我說的不是這個。」

這些時日以來，他費盡心思護著華淺，為她擋下了戚家的施壓，同時也不讓後宮任何妃嬪去打擾她。然而他唯一相信的、唯一沒有防備的人，卻在背後給了他一刀。

兩人僵持了許久，嚇得一屋的奴才大氣都不敢出，最後太后抬了抬手，他們才如釋重負，逃一樣地出了宮殿。

直到只剩兩人時，太后才開口：「我是為你好。」

這句熟悉的話語刺入仲溪午的耳朵，他突然明白了自己無數次打著這個名義行事時，華淺有多無力。

我是為你好。

這種說辭讓人連反駁都顯得蒼白，這種無力感簡直能逼瘋一個人。

「哈哈……」

仲溪午突然笑了起來，笑得連身子都無法直起來。

最後他抬起了頭，轉身向外走去，太后的聲音又響起來了：「皇上……」

她語氣裡帶著幾分疼惜地規勸。

仲溪午腳步未停，一邊走一邊說著，像是自言自語，聲音輕到幾乎聽不見：

「母后，我只是想要一個人，為什麼就不能如我所願呢？」

「因為你是皇帝。」太后的聲音飄過來，威嚴的語氣裡好似有了幾絲顫音。

所以沒有任性的權利。

59

像是睡在一片雲上，四周一直在晃蕩，華淺終於忍不住睜開了眼，入目的又是陌生的床和房間。

華淺也沒有大驚小怪，都習慣了，畢竟有好幾次她都是在不同的地方醒來。她坐起身看了看身上的衣服——還是古裝。

她伸手掐了自己一把——會疼。

原來自己真的沒有死，昏迷之前華淺的最後一個意識片段是聽到太后說把自己抬出去的聲音，她是把自己偷偷送出宮了嗎？

真是個傲嬌的老太太，給人餵假死藥還裝得一本正經。

華淺忍不住搖頭笑了笑，差點以為自己真的要死了，白開心了一場。

她本就是抱著必死的決心去赴宴的，所以才會毫無顧忌地對戚貴妃出手。想著說不定死了就能回到現代，如今看來，自己可能這輩子都得在這個時代生活下去了。

不過……這是哪裡呢，怎麼一個人都沒有？

華淺翻身下了床，可腳剛碰到地，就腿一軟差點跪下，眼前也一片漆黑。緩了許久才恢復過來，也不知道自己昏睡了多久，睡到全身無力。

強打精神向四周觀望，入目的是一個古典淡雅的房間，一切生活用品俱全，若不是看著陌生，華淺都要以為自己是在這裡住了許久。

看到窗戶還開著，華淺就抬步挪了過去。到了窗邊，人一下子就愣住了，因為窗外全是陌生的景象。

這裡似乎是一個水鎮，窗戶外是一條河流，河流兩岸都是人家。青磚綠瓦，竟和自己現代時去過的旅行景點差不多。

華淺又回頭看向房間，這次發現桌子上放著些東西。

她走過去一看，是一些包起來的糕點。本就全身乏力，華淺毫不客氣地坐下吃了起來。

糕點還是溫熱的，看來備下的人也是有心，應該是見自己快醒了才離開。

吃完糕點後，華淺覺得有了些氣力，正準備收拾殘渣，手就碰到了一個厚厚的信封，就在糕點盒下面壓著。

打開一看，先是一張房契，然後是厚厚的一遝銀票，最後是一封信。

信上面寫著：「房契和銀票皆是妳的，妳若永生不離開此處，華府便可永保太平。」

「這太后還真是出手闊綽啊。」華淺不由自主地感慨。每一張銀票數額都極大，足夠一個女子後半生安享無憂，更別說還有一套房子了。不過自己也是不差錢啊，穿越過來之後，陪嫁鋪子的收入還在錢莊裡呢。

華淺突然想起，自己追的那些霸道總裁小說裡面，總裁的母親總是看不上灰姑娘，然後甩出一張支票說：「帶著這五百萬，離開我兒子。」

如今，自己的經歷倒是和那些灰姑娘頗為相似。想著想著，華淺就笑了起來，笑著笑著就想哭了。

這也算是最好的結果了，保下了華府，自己也過上了想要的生活。那就老老實實地待著，別再想其他。

華淺起身，伸了個懶腰就向外走去，屋外柳門竹巷，看著格外幽靜簡樸。

剛走了兩步，就有人衝自己打招呼：「妳是前幾日搬過來的吧？可算是見著人了，我就住在前面那條路上，有時間來找我玩啊。」

入目是一張張淳樸的笑臉，沒有絲毫戒心。

華淺也就勢坐了下來，和那群婦人、姑娘聊起來，聊得開心了，還被她們硬拉回家一起吃飯，女人的友誼就這樣建立了。

華淺編了個謊言，說自己家道中落，如今只剩自己一個人，才逃難到了此處，更是引得那群姑娘、媳婦心疼不已，於是很輕鬆就打開了社交圈。

這裡的人可比京城裡那些貴人單純多了，她們什麼事都寫在臉上，華淺也漸漸放下了長久以來緊繃的神經。

太后還真是給自己尋了個好地方，終於可以不用小心翼翼、日日猜忌了。

說起來前幾日還在勾心鬥角，為活命費盡心機，如今卻能拿著大把銀子，每天睡到自然醒，無聊了就去尋別人一起閒聊。

之前的事情恍如隔世，如今簡直就是在過現代人夢寐以求的退休生活。

在另外一個江南古鎮裡，伍朔漠費了一番工夫才拿下華戎舟。他還來不及鬆口氣就對上了華戎舟的眼眸，心裡不由得一驚。

只見華戎舟雙眼血紅，僅僅是對視都讓人忍不住心悸，他聲音裡的恨意讓人心頭發麻：「此事與你何干？」

伍朔漠下意識地避開了他的眼眸。「我欠了她的人情，如今不過是來還債罷了。」

「放開我……」

華戎舟向來俊秀的面容此時變得扭曲，雙眼通紅像是委屈得想哭。

她在自己面前一貫不會撒謊，這次還真是厲害，一個接一個的套，先是好言把自己哄走，然後連困住自己的法子都提前想到了。

她究竟要做什麼？沒自己在她身邊，有誰會無論黑白地護著她？自己就真的一點兒都不值得她信任嗎？

伍朔漠看著不住掙扎的華戎舟，有些頭痛，便擺了擺手，示意左右打昏了他。

一連數十日，華戎舟都不吃不喝，想各種方法離開。怕他死在自己手裡，伍朔漠只得給他灌了些滋養的藥，順便還在藥裡放了些迷魂散讓他睡去，自己才鬆了口氣。

真是個賠本的買賣，倒貼了那麼多金貴的藥材。

看著昏迷之後還是拳頭緊握、眉頭緊鎖的華戎舟，伍朔漠不由得摸著下巴感慨：這個人看著年紀不大，倒也是把硬骨頭，若是去做暗探，定是個好苗子，即便是被抓了也肯定能忍受住嚴刑拷打。

這樣過了幾日，伍朔漠的手下行色匆匆地趕來，附在他耳邊說了些什麼。伍朔漠滿眼難以置信，又問了幾遍，才接受了那個消息。

他沉默了許久。在他的手下忍不住要開口再說一遍時，就聽到他說：「可惜了……她若是把這人情用來換她一命，我也未必會拒絕，偏偏把這麼寶貴的人情用在了屋裡那個……狼崽子身上，她到底還是顧慮太多……」

伍朔漠起身向外走，走到門口時說：「我們收拾東西離開吧，屋裡那個……也不必管了。我當初答應她的事，她死了也就作罷了。」

華戎舟一覺醒來，身邊卻無一人，他運了下氣，藥效已經過了，迫不及待地衝出屋子，竟真的無人攔他。

強壓住心裡的不安，他什麼都顧不得了，尋了匹馬，翻身騎上就朝京城方向飛馳。

趕到京城需要八日的路程，硬生生被華戎舟壓縮到了六日。進了京城已經是黃昏，他直接衝向了華府，卻看到滿府縞素。

這一路他從未休息，因此根本沒有時間去留意別的消息，也不曾聽過任何消息。

應該是華相去世了吧？肯定是他，畢竟那麼多罪名，他肯定是活不下來了。

華戎舟一直在對自己說，然而手卻不停地顫抖，他從來沒有這麼害怕過。就算是十歲時被賣到狼窟裡，他殺了人逃走，也沒有這麼害怕。

沒人陪在華淺身邊，她向來都是難過了只會憋在自己心裡。不行，要趕緊去找到她才行，他可看不得她難過的模樣，連想想都覺得心疼。

在華府門口被人攔下，攔人的侍衛應是皇家的，語氣生硬：「太后有令，封閉華府，無令不得進出。」

「華淺呢？」華戎舟終於開口。

那侍衛看了他一眼，才回道：「華……小姐為替父贖罪，十日前已自焚於皇宮內。」

說話間不似方才那般強硬，語氣也帶上了些敬意。

然而華戎舟卻覺得雙耳嗡鳴，滿腦子都是那兩個字——「自焚」。

他不信，華淺說了要自己等她的，怎麼可能就這樣自焚？

心底湧上來的恐懼簡直要扼斷他的咽喉。他從來都沒有這樣後悔過，為什麼當初要拿毀了自己的右手去嚇唬她？

當初她趕自己走，自己假裝走開，然後默默守著她不就行了嗎？那樣或許還能救下她，那樣或許她就不會一人去面對那麼多事情。

為什麼自己要這麼貪心，貪心到一刻都不想離開她身邊，貪心到非要光明正大地站在她左右，才逼得她去找人把自己困住。

華戎舟僵立許久，在侍衛越發警惕的目光下一言不發地轉身離去，卻是向著皇宮的方向。

在小鎮裡不過住了一個月，華淺就徹底融入了其中，無事還學些小手藝。比如，現在的她就拿著針線坐在婦人堆裡學刺繡，然後聽她們閒聊。

「前幾日我家男人做買賣回來，帶回了個京城裡的大消息。」一個圓臉婦人開口，滿臉都是神祕。

「什麼事？」當即有人捧場地開口。圓臉婦人回道：「聽說京城裡那宰相之女，在皇宮裡自焚了。」

「啊？宰相之女？是那個揭了她父親老底的華小姐？」有人滿是驚訝地張大了嘴。

「就是她，我家男人說起她還滿是敬佩呢，先是不留私情地告罪，然後便轟轟烈烈地自焚代父受過。連太后娘娘都感其仁孝，下旨免了華氏一族的死罪，只是將他們家革了功名，圈禁在京城裡。」

「我也聽說了，據說京城裡的皇上聽說了她自焚的消息，鞋都沒穿就跑出來了。」另外一個婦人插嘴進來，滿眼都是八卦的光芒。

「妳看看妳說的，妳又沒親眼見到，盡是喜歡聽那亂七八糟的花邊消息，別忘了那華小姐可是皇上的前皇嫂。」最開始開口的圓臉婦人嫌棄地說道。

被反駁的婦人一臉不服氣：「妳不是也沒見過嗎，怎麼知道我說的不是真的？要我看，那華小姐和皇上之間……肯定有私情……」

60

指尖傳來一陣刺痛，豆大的血珠滲了出來，毀了剛繡到一半的繡品。華淺伸手擦了擦，那塊血漬卻暈開了，越來越大。

「刺繡需要慢工夫，妳可不能心急，手指沒事兒吧？」坐在華淺身邊的姑娘先看到，開口安慰著。

閒聊的婦人們也止了剛才的話題，只是那圓臉婦人突然像是想起來什麼，說道：「說起來，淺淺妳的姓名和那宰相之女一樣呢。」

華淺抿嘴笑了笑，並未見絲毫不自在。「這天下同名的人可多了，我可不敢和皇城那位貴人相比。」

寥寥幾句便岔開了話題，都說這裡民風淳樸，還真是半點不假。

坐在婦人裡面，華淺還是面帶笑容，然而思緒卻飛得無影無蹤。

聽別人說自己的事，還真是感覺恍如隔世，這裡不知是哪個地方的小鎮，消息傳得也慢上了半個月之久。不過看來太后倒是說話算數，真的保下了華府上下的性命。

有些事即使假裝忘記，也還是會有人提醒，她和仲溪午之間……可不是簡單的「私情」二字就可以說清楚的。

仲溪午曾經問，為何唯獨沒有喜歡過他，華淺沒有回答，是因為說不出口。怎麼會……沒有喜歡過呢？

不過是自己心意已定，不想給彼此留餘地，才隻字不提罷了。

從仲溪午為她擋下了醒酒湯時，她就無法再做一個清醒的旁觀者。鬧市回眸、摘星樓對視、墓地相陪……這一樁樁、一件件，她怎麼可能一直無動於衷？

諷刺的是，作為一個現代人，華淺竟然真的考慮過要不要入宮。只是她這個人向來理智，永遠都是在權衡利弊之後才做選擇，所以才在感情和現實中一直搖擺不定，藏著自己的心思不敢言明，怕一著不慎，滿盤皆輸。

因為覺得若是想入宮，華府就不能倒，所以才無數次想燒毀那些罪證狀紙，可是她終究敵不過心裡的「公道」二字，給了仲溪午後來威脅她的機會。

仲溪午一直瞞下戚貴妃的事情，她可以不追究；畢竟大家各自為營，立場不同，她也算不上是絕對無私。

可是連自己搜集的華相罪證都能成為仲溪午用來逼迫她的把柄——這不亞於狠狠地抽了她一巴掌，讓她徹底明白，自己和他之間都隔了什麼。

她可以理解仲溪午作為帝王的雄圖霸業之心，與此同時，她也可悲地知道自己就算是孤獨終老，也不能同這天下去爭一個皇帝。因為她贏不了，而仲溪午也永遠不可能為她丟下那個位置。

所以她迅速而冷酷地整理了自己的感情，再不給自己留一點餘地或是念想。

皇宮外，華戎舟到底還是有些理智，沒有硬闖，而是藉著夜色潛了進去。他跟著華淺來過幾次皇宮，早已將布局熟記心間。

他不信華淺死了，肯定是被人藏在了這皇宮裡。只要再見她一眼就好，只要能看見她安然無恙，便是要他永世不能在華淺身邊，他都願意。

只要她還活著，其餘的他什麼都不貪求。

華戎舟躲在黑暗裡隨便捉了個小太監，刀子架在他脖子上開口：「華淺在哪座宮殿？」

小太監一把鼻涕一把淚地指了一個方向，華戎舟心頭一鬆，抬手打昏他丟回草叢裡，自己隻身向那個方向探去。

然而走到西南角，他只看到了一座……燒毀的宮殿，滿是漆黑的木頭斷梁。身體的力氣一瞬間就被抽乾，他顫抖著抬步要往那堆木頭走去，卻聽到一個清冷的聲音響起：「什麼人？」

華戎舟回頭，看到一人立於陰影處，身影單薄得很難引起人注意，看著像是站了許久的樣子。

華戎舟早已被這一連串的事情折磨得沒了心智，華淺真的死了這個念頭，簡直要把他整個人都撕碎。

他腦子裡全是臨走前華淺說的那句「我們以後生活的地方」，也再想不起華淺說過的不要傷人，當即翻轉了佩劍，朝陰影裡的仲溪午刺去。

還未近身，一道影子便閃了出來把他隔開。華戎舟一看，是之前在酒樓裡打過他的那個人。

原來他是皇帝的人，新仇舊恨一起算，華戎舟再次抽刀迎上。兩人終究實力懸殊，再加上這些時日華戎舟都沒怎麼進食，二十招內，華戎舟就被那人一掌拍翻在地。

正當那人準備下死手時，卻聽到仲溪午的聲音響起：「陳淵，留他一命，把他丟出皇宮。」

陳淵聽後就收回掌勢，抬手向華戎舟抓去。

雖然全身疼痛難忍，華戎舟還是開口：「她呢？你把她藏哪裡去了？」

仲溪午坐在那處陰影裡，一動不動。「她死了。」

「不可能。」華戎舟聲音都抖了起來。他單手撐地，想要站立。

華戎舟看不到仲溪午的表情，卻聽到他的聲音：「為何不可能？」

華戎舟不語，仍是竭力想要站起來。

「朕雖是皇帝，但這天下，仍是有做不到的事和護不住的人。」

「護不住為何還要把她強留在宮裡——」一聲悲鳴響起，就見華戎舟如同離弦之箭，射向仲溪午。

陳淵剛才見他奄奄一息，失了警惕，這一下竟是來不及攔。不過華戎舟還是沒能到仲溪午身邊，這次是林江出的手。

吐了口鮮血，華戎舟仰面躺倒，心裡倒是有種解脫的滋味。

是他錯了，大錯特錯，當她一個人在這宮殿，四下皆生人時，會有多無助？而自己的一意孤行使得華淺不再信他，寧可使了手段也要讓他離開，然後自己孤軍奮戰。

耳邊傳來一陣腳步聲，震得大地彷彿都在微微顫動。接著仲溪午的臉映入了他的眼簾，華戎舟瞳孔不由得一縮。

只見仲溪午面容瘦削，眉眼全是冰冷。「真不知道她……看上了你哪一點，你想殺朕，便給你個機會。以後每月初五，朕都會在這宮裡給你留條路，你若是能打敗朕身邊之人，屆時再來談……她的事情。」

說完，仲溪午抬步離開，華戎舟眼睛一亮，努力掙扎了許久，卻始終無力動彈，只能任由陳淵把他隨便丟到宮外的一家醫館裡。

在小鎮裡住的第三個月，突然有人敲開了華淺的門，她打開一看，是一個陌生的圓臉婦人，應有三十歲左右，看著格外親切。

那婦人提著一些吃食開口：「我是隔壁新搬過來的，初來乍到，很多事日後還要麻煩妳多多照料，這些吃食是我的一番心意。妳可以喚我雲娘。」

怪不得覺得臉生，原來是新鄰居啊。華淺笑著推辭了半天也沒用，最終還是收下了，雲娘就笑吟吟地回去。回屋後，華淺打開提籃，裡面竟然全是她愛吃的。

雲娘非常親切好客，總是時不時地就送吃的東西過來，每一樣都對準了華淺的胃口。她們倒是投緣，不僅性情相近，連口味都像。後來熟絡起來，她才知道雲娘嫁入夫家後十幾年未生育一子，就被休棄了。

婆家不要，母家不容，雲娘只能自己出來討生活。

華淺聽後心裡止不住地敬佩，這裡的女子將被休視為奇恥大辱，一個個天天尋死覓活的，難得遇見一個如此通透的人。

雲娘性格爽朗又善解人意，於是她也很快就打入了這個小鎮的社交圈。這個水鄉古鎮本來就小，人也少，因此大家彼此之間都是熟識的。

這樣過了一年後，漸漸地有別的婦人起了心思，因為看華淺始終一人，她們便開始忙活，為華淺相親。

眼見著姑娘們的社交圈裡男子的身影越來越多，還都是未娶親的小夥子，華淺心裡不由得覺得有些好笑。

原主華淺本就生得了一副好皮囊，此時託這副皮囊的福，自己身邊也少不了春心萌動的小夥子。

這其中追逐得最不加掩飾的，就是鎮上鹽商的小公子——徐茗。

在古代，鹽可是天價商品，因此徐家是這鎮上數一數二的大戶人家。而徐小公子長得也算是眉清目秀，自小被眾星捧月地長大，身上滿是富家少爺的刁蠻任性。

可徐家老爺和夫人為人卻極為和善，沒有什麼門第之見，並不嫌棄華淺是一個來歷不明的孤女。見華淺貌美又謙遜，他們便格外喜歡，時不時就邀華淺前去喝茶吃酒。

所以華淺也不出意外地受到了一些少女的冷落，不過終究這裡的人單純，一些小女生的心思華淺也不曾放在心上。

這些姑娘中屬白洛對華淺最為敵視，因為她是徐茗的頭號粉絲。只是她一貫做派大剌剌的，才招徐茗不喜。

果然是流水的故事，鐵打的F4，不管走到哪裡，都會有一個眾星捧月的道明寺。

61

十月初五，亥時。

高禹從御書房退出來，到門口時心裡有些許不安，又開口詢問：「皇上，奴才這就退下了？」

片刻後聽到一聲「嗯」，高禹拱了拱手，才走出房間，衝門口吆喝著：「都下去吧，動作俐落些。」

「是。」

或高或低的應和聲響起，片刻後御書房外只剩三人，高公公對另外兩個人拱手說：「林侍衛長、陳副侍，老奴先告辭，有勞兩位了。」

林江和陳淵點了點頭，高禹就俯身退去。

方走出圍牆，就看到一個小太監提著一個燈籠站著。高禹心中一暖，這個小兔崽子也算有些知恩圖報的心，還知道等自己。

「師父，小的給你掌燈。」宋安手腳俐落地接過高禹手裡的燈籠，高禹也順其自然地走在他身前。

才行了幾步，宋安就忍不住開口：「師父，這初五到底是什麼日子啊？」

高禹眼睛一瞪，一向帶笑的臉嚴肅起來，看著真挺駭人的：「跟你說了多少次，不該問的不要問，小心你的腦袋。」

宋安縮了縮脖子討好地笑著。「這不是在師父面前嗎？知道師父向來疼我，我才開口問。」

高禹斜眼看了他一下，又開口：「你只需要知道，每月初五離御書房遠些就行，若是壓不下你那好奇心，小心侍衛斬了你的腦袋。」

宋安的眼珠轉了轉，不再多言，高禹回頭看了眼御書房，嘆了口氣繼續向前走。

亥時剛過一刻鐘，御書房就有了動靜，刀劍相擊的聲音不斷傳來。仲溪午坐於房內，林江立於他身側，兩人彷彿沒有聽到，一動不動。

一盞油燈照亮了這個書房，仲溪午手持幾頁薄紙，上面是密密麻麻的字，似是信的模樣，隱約可以看到落款是「秦雲敬上」。

仲溪午很是認真地看著，指腹輕輕摩擦過每一個字，似乎想要把這信上所有的字都刻進眼裡。

屋外的打鬥聲響了多久，他這封信就看了多久。約莫半個時辰後，陳淵走了進來，髮髻凌亂、氣喘吁吁，身上也帶了些傷。

仲溪午這才抬起眼睛，看向他問：「如何？」

陳淵單膝跪地，開口：「回皇上，此次他在卑職手下已經能過百招了，再這樣下去……恕卑職無能，恐怕攔不住了。」

仲溪午面容沒有一絲波動。「無妨，你不行就換林江，實在不行就你們兩人一起，朕倒想看看他能堅持到什麼時候。」

屋裡泛起一陣古怪的沉靜，陳淵又忍不住開口：「皇上，他第一次來不過二十招就敗於卑職之手，如今還不到一年，卑職就需使全力才能將他擊退。再這樣下去是在養虎為患，以卑職之見，還是早日將他處置了為好。」

「不能殺他。」仲溪午開口，但不像是在對陳淵說話。「若是殺了他……她會怨我的。」

模糊不清的幾個「他」，涵義不明，卻無人提問。

仲溪午小心翼翼地合上了手裡的信，動作輕柔得如同那是易碎的瓷器，然後取來一個精緻的匣子，將信放了進去。

加上這一封，那匣子裡已經裝了三、四十封，每張紙都平平整整，無半點摺皺。

做完這一切之後，仲溪午才起身走向自己的寢宮。

一轉眼，時間流逝了快兩年，可能是生活輕鬆愜意，所以華淺倒是不覺得時間過得慢。若是按這個身子的年紀來算，她今年也算是二十一歲了。

七夕節放花燈，這個鎮子裡民風淳樸，倒是沒有什麼男女大防，因此一群小夥子、大姑娘統統擠在一起放花燈。天色剛晚，華淺就被街上的小姑娘拉了出來，一起在河邊製作花燈許願。

華淺向來不信這些，也就沒有做花燈，只是在一旁看著。突然旁邊伸過來一隻手，拿著一盞精緻的燈。

華淺轉頭一看，正是那徐家少爺。「看妳是不是忘記做燈了？我的這個給妳。」徐茗開口。

華淺笑了笑，沒有接，只說：「我不信這些，這盞燈給我也是浪費。」

「為何不信？」徐茗好奇地問。

華淺笑了笑沒有回答，徐茗也就不在乎地在她身邊坐下。「這是我母親讓我給妳的。」

華淺一愣，趕緊笑著說：「那真是不好意思，勞煩夫人……」

徐茗卻是突然笑了。「妳還真是好騙，我母親一把年紀怎麼會做這些東西。」

華淺的臉剎那間就沒了血色，腦海裡全是那句「妳還真是好騙」，一句普普通通的話，卻讓她想起了那個曾經說這句話的人。

只是燈影閃爍，徐茗並未察覺，仍是調侃著她。

一道明顯不開心的聲音插進來打斷了他的話：「徐茗，我們都在這裡忙著紮燈籠，你怎麼坐著偷懶？」

正是那白洛，徐茗眉頭一皺說道：「妳能不能小點聲，整條街都能聽到妳的聲音了。」

白洛頗不服氣。「又不是什麼見不得人的事，我聲音大些怎麼了？」

徐茗終於坐不住了，站起來同白洛互掐起來。

年少時喜歡一個人，總是要和對方對著幹。

在這一片繁華中，華淺始終覺得自己融不進去，便趁無人注意悄悄離開。

走到安靜些的小巷子，華淺的臉色也並未有半點好轉。

以為只要自己不去想，加上聽不到任何消息，就真的可以假裝不在意、可以忘記，這兩年不都是那樣過來的嗎？

為了保下華府，不連累旁人，她自來到這個小鎮後，就一直老老實實待著，從來都不敢去想著聯繫別人，因為華淺這個身分早已經死在了火裡。

不過……自己固執地還用著這個名字，不就是……心存僥倖嗎？想著，會不會有人能找到這裡？會不會有人……從未放棄過找她？

原來就算平時表現得再堅強理智，也會有自欺欺人的期待。華相、華夫人、千芷，還有……華戎舟。

當初走得匆忙，也沒有給千芷張羅婚禮，不知道她和南風怎麼樣了。

還有華夫人，知道是她一手扳倒了華府，會不會心有怨恨？華夫人身子一直不好，不知道是否受得了這個刺激。

還有華相，自始至終都沒有怪過她，聽到她自焚的消息，他定是會非常難過吧？一雙兒女都不得善終。

最後就是那個離開時開開心心，說妳若不來，我便回來尋妳的少年……當初把他騙走了，還寫信讓伍朔漠去看住他，按他的性格，肯定委屈得要死。

回憶像是一個被扎了一個洞的水桶，裡面的水一點一滴不受控制地漏了出來。

華淺一個人沿著小巷走著，走著走著忍不住蹲了下去，胸口太疼了，肯定是當初擋箭的後遺症。

在這個安逸的小鎮裡，天天在這裡假裝快樂，假裝無憂無慮，裝得自己都要相信了。

這裡的人雖友善，可到底沒有同華淺一起度過那段步步驚心的時光，她一肚子心事無人可訴，無論看誰都感覺隔了一層無形的牆，沒辦法真正地去親近他們。

能不能有一個人，不管是誰都好，來這裡看看她，別讓她覺得那些曾和她並肩向前的人都……忘記了她？

御書房外，刀光劍影不止。這應該是那小子第二十六次來了，算起來都已經兩年多了。

不過這次華戎舟終於踏進了御書房，他提著刀，全身上下傷痕無數。而門外臥著的兩個人，正是林江和陳淵，他們傷得更重，卻還留著一口氣。

仲溪午緩緩抬起眼眸，這是他第一次正視這個少年，他沒想到的是，華戎舟竟然能堅持這麼久。不但堅持了下來，還進步神速。

冰冷帶著血跡的劍鋒橫到了仲溪午的脖頸上，卻未見他有半分變色。

「你把她藏到了哪裡？」屬於男人的聲音響起，已經沒了少年時候的清脆，反而透著幾分低沉。

「我說過，她已經死了。」刀鋒逼近了幾分，仲溪午脖頸有了一道淺淺的劃痕。

「我不信，是你說我若能打敗你的侍衛，便同我說她的事。」華戎舟握緊劍柄開口。

「我現在不就是在和你說她的事嗎？你覺得若是她還活著，我會讓她離開我身邊嗎？」仲溪午勾起半邊嘴角，掩不住的諷意。

華戎舟手抖了抖，棕色的眼眸像是要燒起來了。

他們一個站著，一個坐著，彼此的氣勢卻是絲毫不差。

最終華戎舟有了動作，卻是收刀轉身就走。

「你去哪兒？」仲溪午皺眉開口。

「我去找她。」華戎舟並未轉身。

仲溪午目光抖了抖。「你不殺我了？」

「殺了你……她會不高興的。」

仲溪午手指微縮，面上卻冷笑一聲：「你能去哪裡找？」

「大不了把這天下翻個遍，你不說，我未必找不到，反正我有的是時間。」華戎舟側了半邊臉，語氣嘲諷，但看面容就知道，他是認真的。

「若是她真的死了呢？」仲溪午反問。

華戎舟腳步一頓，開口：「我本來就一無所有，所以現在也沒什麼能失去的了。」

「當初她可是趕走了你，若是她現在不想看到你呢？」仲溪午仍是詢問著。

華戎舟握劍的手一抖，低下頭，聲音竟然帶上了幾分服軟：「我只是想親眼看到她安然無恙，哪怕看一眼也好。她若不願見我，我偷偷瞧上一瞧，不再出現便是……」

華戎舟在門口站了許久，仲溪午的聲音才再次響了起來：「那你去找她吧……」

華戎舟驀然回首，仲溪午的臉上卻看不出來半點喜悲，最終華戎舟還是什麼都沒說，轉身投入了黑暗裡。

又過了約一個時辰，林江才慢慢走了進來，仲溪午還是坐在書桌前，一動不動。

「皇上，卑職辦事不力……」林江跪下來請罪。

「和你無關。」

「可是，皇上為什麼要把……告訴他？」林江仍是有些不平。

「你遞個消息出去，讓秦雲回來吧，日後不必再每五日給我送信匯報她的事了，因為……」仲溪午開口，語氣滿是解脫：「有人會好好守著她的，也是她等的那個人。」

仲溪午起身走向裡面，拿出了那個他一直視如珍寶的匣子。打開後，他將裡面的信一封封取出，放到了還未燃盡的燭火上。一封接著一封化成了灰燼，如同燃盡了他的一腔深情。

62

都已經兩年多了，徐小公子還是每日死纏爛打，華淺拒絕了無數次，他卻一根筋地不在意。於是每日上演著她和徐茗、白洛之間狗血的三角戀戲碼，讓華淺頭痛不已。

一覺睡醒，華淺起身準備去隔壁找雲娘討論昨日未繡完的香囊，卻撲了個空，隔壁的房屋已完全空置了下來。

這是怎麼一回事？她搬走了？

華淺心裡有些不舒服，這兩年她和雲娘走得極近，雲娘對她幾乎是有求必應。雲娘對她好得一度讓華淺懷疑，她是不是被男人傷了心……

結果現在人家搬走，連說都不說一聲，這古代也沒什麼電話之類的，雲娘這一搬走，就等於是與她徹底斷了聯繫。

如同失去一個知心好友，華淺鬱悶極了。不過說不定人家也不曾把自己放在心上，只是自己一廂情願罷了，畢竟雲娘為人和善，對誰都好。

鬱悶了兩、三日後，就聽說了徐茗外出不小心落馬摔斷了腿的消息，想著徐府夫人一直頗為照顧自己，華淺便帶了些東西前去探望。

徐夫人還是一如既往地想要撮合他們兩人，不過徐茗倒是史無前例地格外躲閃。饒是這樣，華淺也被徐夫人強留到用了晚餐才離開。

她謝絕了徐夫人派人護送的提議，畢竟就這麼大一個鎮子，鎮上的人都互相熟悉，走幾步就到家了，很是安全，徐夫人便也沒有強求。

華淺提著一盞燈，獨自一人沿著河流慢慢走著，如今她已習慣了獨來獨往。走到一個路口時，她突然驚出了一身冷汗，因為她看到腳下除了自己的影子，還有一個影子。

那人似乎和她還有一段距離，因為華淺只看到了一個頭頂的輪廓。

這大半夜的，誰一聲不響地跟在別人身後？

說來也奇怪，平時這條河流兩岸的人家都是門戶大開，華淺一路走還能一路打招呼，今天竟然全都大門緊閉。

這讓華淺連回頭看一眼的勇氣都沒有，萬一是個圖謀不軌的人，那自己回頭不就暴露了嗎？

於是華淺裝作不知，悄悄把鐲子取了下來，握在手裡。

這小鎮上的人都彼此熟悉，不可能會有人一聲不響地跟在自己身後，這就說明，此時身後的那個人，定是外人。而且這種鬼鬼祟祟的跟蹤，一看就不是好人。

越想心越慌，華淺忍不住不露痕跡地加快了些腳步，然而那個人影還是如影隨形地跟著。

心一慌，腳踩在凹凸不平的石子路上一崴，身子就要倒下。

扶住了身邊的欄杆才站穩，再一看，那個影子已經走到了自己身邊，看著比自己要高上一頭多，還伸出一隻手，似是想碰自己。

此時不出手更待何時？華淺抬手向身後刺去，下意識地卻避開了要害部位，然後手腕就被一隻大掌握住。

完蛋了，這是華淺心裡唯一的想法。

正準備垂死掙扎一下，那人突然開了口：「我終於又找到妳了。」聲音有些低沉沙啞，卻有點熟悉，連說的這句話都很熟悉。

華淺僵硬地回過頭，入目的正是那張熟悉的臉，只是又高了些，五官徹底長開了，沒了嬰兒肥，一雙棕色的眼眸鑲刻在稜角分明的臉上。

河流水聲不止，月色清輝滿地……

一模一樣的場景，一模一樣的臺詞，一模一樣的兩個人……

不過那時是在谷底，他們一個比一個狼狽，現在他們在小鎮裡，一個比一個……

歡喜。

華戎舟過去的人生裡從來都沒有什麼善惡對錯，因為沒人教過他這些，他人生的所有光亮，都在五歲那年隨著娘親一起沒了。可能老天還是有些不忍，讓他遇到了華淺。

一個願意無條件護著他的人，一個告訴他要學會先保護自己的人，一個能讓他想變好、變強的人。

一開始相遇是他偷了商人的銀子，逃跑時撞上了她的馬車，可是華淺卻相信他的一面之詞，打發了商人。

那是華戎舟第一次想要認認真真地活得像個人，只為再次相見時，他能挺起腰桿，口齒清晰地告訴她自己的名字。

他下定決心再也不做坑蒙拐騙的乞丐了，只是他還沒做好準備，就再次遇見了她。這次相遇讓他知道了自己有多卑微，有多無能為力。

同時也看到了，她雖身處高位，卻仍是過得不易。於是他換了心思，去做府兵，拚了命地學武——

想著日後她若是有需要，自己就能去保護她，卻發現離她越近，自己就越貪婪。因為他的人生裡，好不容易再次有光透了進來。

他甚至為了這抹光努力了一年，才站到她的身邊。所以開始害怕失去，變得想要去占據她的所有視線。

他從來都沒有告訴華淺，當初摘星樓下，仲溪午其實有追出來，是他一時起了私心抱著華淺躲了起來，沒想到卻有了誤打誤撞的「親吻」。

因為這一次親近，他的貪念竟然越發強烈。

所以他也沒有告訴華淺，當看到她和仲溪午在墓地獨處時，是他親手撕裂了自己包紮好的傷口，然後故意昏倒在翠竹面前。

這些全是他耍過的小心機、手段，對於十六歲時的他來說，只要華淺能多看他一眼，多叫一次他的名字，他付出什麼都願意。

這一步錯就步步錯，他為了能留在華淺身邊，甚至明知她定會不喜，卻還是拿廢了自己的武功去威脅，像是一個在地上撒潑打滾要糖的無賴孩子。

而孩子之所以會無賴，全是有人慣的。不過也沒有人能一直都是孩子，人總是要為自己的行為付出代價，只是時間早晚罷了。

華淺雖讓他留了下來，但他還來不及高興，就遭了報應。因為他的任性，讓華淺沒有考慮過同他共患難，對他用了手段，送他離開。

他終究為自己的任性，賠上了將近三年的時間，忍受了三年身體和心靈的雙重折磨，還差點拚了自己的一條命，才再次有機會看到她。

一千個日夜的反思和懊悔，讓他再也不敢凡事只憑自己的心意。其實他前幾日就到了鎮子，卻不敢直接去找她。怕如同仲溪午說的，她不願見自己怎麼辦？

然而無意中看到一個男的在糾纏她，又見華淺不情願的模樣，他就自作主張去暗中警告了一番。只是那人太傻，被他幾句話嚇得奪路而逃；他還沒來得及反應，那人就自己落馬摔斷了腿。

華戎舟知道自己又做錯了，慌得更是不敢在華淺面前出現，直到眼看著華淺從那家人府上出來。

說不定那個男的已經告訴華淺見過他的事情了。

想著自己總要解釋兩句、他不是故意而為之的，就忍不住跟了上去。又看到她一個人提著燈籠在黑夜裡走著，模樣太讓人心疼，下意識地想陪在她身邊，恍惚間沒注意到他們之間的距離太近了。

華淺差點摔倒，華戎舟伸手想扶，卻被她反手一刺，他條件反射地伸手握住，這是多麼熟悉的場景啊。

看到華淺眼睛的一瞬間，華戎舟就知道自己完了。那些拚命想著只要看她一眼就行的念頭，一瞬間全部丟盔棄甲。

因為她的眼睛裡有欣喜，他也看到了那雙眼眸裡同樣欣喜的自己，華淺是願意看到他的。

他曾經瞞了華淺很多事情，可是他每一次的靠近，都是完完全全地把自己的一顆真心掏出來給她看，從來都不在乎自己是否會受傷。
這一次，也是如此。
不過和之前不同的是，這一次他絕對不會肆意妄為地利用華淺對他的心軟，而是會學著真正護著她，讓她知道，自己是可以和她共患難的，所以她不用總是一個人扛起來所有。
只要她願意，不過還好……她是願意的。

63

皇宮裡，宋安端著一個托盤在仲溪午寢宮外，猶猶豫豫的，糾結著要不要進去。
正好見了高禹的身影，他便迎過去。「師父，這是方才繡坊送來的，歷經兩年半，用盡了無數綾羅綢緞才繡成的。」
宋安等著討賞，卻見自己師父面色大變。「拿走，趕緊拿走……莫讓皇上瞧見……」
「怎麼了？」仲溪午的聲音傳來。

高禹和宋安都不由得一抖，高禹趕緊上前一步。「小太監不懂事，驚擾了皇上。」

然而仲溪午並未被他蒙混過去，而是繞過他看向宋安。「這是什麼？」

宋安嚥了口口水才開口：「是繡坊送過來的，說是衣服做好了……」

「你這個不長眼的奴才……」一旁的高禹還是忍不住罵了出聲。

宋安嚇得雙腿一軟就跪下了，卻看見一隻手伸過來，挑起了托盤上的紅布，然後拎起那件衣服。

宋安眼角餘光瞧見，上面繡著鳳凰……這竟是一套鳳袍。

「她若是穿上，肯定很好看。」仲溪午的聲音響起，像是自言自語，無人應答。

宋安就瞧見自己師父似是抬手擦了擦眼角，皇上說的是誰？宋安只覺得手裡托盤一沉，就聽到仲溪午開口：「拿下去燒了吧。」

燒了？

宋安一愣，就看到仲溪午走遠了，他忍不住肉疼起來，好好的鳳袍為什麼要燒了呢？方才聽繡坊說這一件鳳袍可是費了幾千兩黃金的。

仲溪午走在皇宮裡，身後雖跟著無數人，但是他仍感覺自己只有一人。

突然想起和華淺鬧翻的那場宴席上，華淺沒能聽完的那句話，他想說的是：「妳此番大義滅親，實為女子表率，我不會遷怒苛待於妳，我宮裡……后位空置已久，現在看來，妳坐正好。」

從一開始，他想要她做的就是……他獨一無二的皇后。哪怕早知道她不想入宮，他還是一意孤行地想要將她留下來，擔心華相辭官歸隱後，她會沒了牽掛，說走就走。

所以華相必須在這京城裡，哪怕是用來威脅她。

聽她為華深擋劍時說的那句「他終究是我兄長」，就知道她心裡一定把家人看得極重。

逼她去做這件事，不過是想藉此給她博個深明大義、不徇私情的美名。

太后向來瞭解他，因此一開始就沒想過華淺的死能騙過他。可就算他在華淺被送走後的第三個月就找到她了，又能怎樣？

太后已經用行動告訴了他，他即便是皇帝，也永遠無法把一個人保護得滴水不漏，若想她好好活著，他唯有放手這一條路。

所以他用了兩年多時間去考驗和培養，最終親手給華淺送去了……一個能護住她後半生的人。

他其實很羨慕那個不自量力的小子，羨慕那小子的一無所有，羨慕那小子沒有什麼能失去的。

「高禹，同我出趟宮吧。」

高禹趕緊快走幾步跟上，問：「皇上這是要去哪裡？要不要叫上侍衛？」

「不必。」仲溪午腳步未停，在地上踩出一個個腳印。「跟我去趟摘星樓，我想那裡的……月露濃了。」

第十八章

大結局・下

64

「若是無事奏請，便退朝吧。」

仲溪午起身抖了抖衣袖，正欲抬步離開，突然堂下一名老臣「撲通」一聲跪下。

仲溪午腳步一頓，看到還是那個熟悉的身影，不由得有些頭痛，但又不能裝沒看到，只得耐著性子開口：「李愛卿又有何事？」

李繼已六十有餘，顫巍巍地磕了幾個響頭才開口：「回皇上，這國不可一日無君，後宮也不可久日無主啊……皇上登基以來，后位空置已久，微臣斗膽請皇上……早日立后……」

果然還是差不多的說辭，仲溪午幾乎每隔幾日就要聽上一遍，也就這個李繼敢一而再、再而三地提。

仲溪午雖然煩他，但知道李繼是個忠君的孤臣，所以也不會是非不辨地處罰他。

「朕知道了。」仲溪午開口回答，抬步就想走，卻又被那李繼高聲喝住：「皇上啊……這番話老臣可是聽了很多遍了……」言下之意是說，仲溪午每次都是應下而無動作。

這個李繼還真是會倚老賣老，仲溪午心裡也有了些怒意。而李繼此時聰明地跪在地上抖了起來，看起來真是年邁得「弱不禁風」。

仲溪午只得壓下怒氣開口：「那依愛卿所見，這后位……誰坐合適？」

這句話問得頗為危險，李繼卻未有絲毫遲疑：「先前皇上說國庫虛空，選秀已經停了有五年之久，如今國泰民安，也該恢復了……」

殿堂上一片寂靜，大家頭都不敢抬，只是一個個默默跪下不語，表達自己的立場。

一旁的仲夜闌見此，嘆了口氣，並沒有隨著跪下，而是向旁邊移了幾步。

對上仲溪午看過來的目光，他聳了聳肩，表示無奈。之前他已經幫著仲溪午擋過很多次官員的勸諫了，這次是真的無能為力。

過了許久，直到官員們的膝蓋都跪疼了，才聽到仲溪午的聲音從頭頂傳來：「好，恢復吧。」

官員們一愣，本以為這是一場持久戰，沒想到仲溪午終於鬆了口。

一片磕頭謝恩聲響起，其中李繼的聲音顯得中氣十足：「謝皇上。」

仲溪午瞄了一眼方才還奄奄一息，現在卻精神抖擻的李繼，幽幽地開口：「李愛卿已經六十有餘，這馬上就到了致仕的年紀，還是多多看顧些自己的身體為好。」

李繼聞言，掩面虛弱地咳嗽了幾聲，看著好像又恢復了最初的老態。

仲溪午並未過多追究，抬步離開，將一片謝恩聲甩在身後。

已是日落黃昏，華淺伸腿坐在庭院樹下的鞦韆上，悠閒地翻看著一冊話本。她身下坐的那個，說是鞦韆，卻如同躺椅一般，不但有靠背，還十分寬長，人都能躺在上面睡覺。

說起這架鞦韆，還是華戎舟來這個小鎮的第一個月時，不知道從哪兒自己吭哧吭哧地扛來了一棵大樹，然後栽在本來就不大的院子裡的。等樹成活了後，華戎舟就動手打造了一個可以供人躺上去的鞦韆，捆在樹幹上。

剛做好時華淺還嫌棄地說：「我又不是小孩子，做這沒用的幹什麼？平白在院子裡占地方。」

然而鞦韆做好的第三天，華淺就「口嫌體正直」地抱著靠枕在上面不下來了。華戎舟見此也沒多說什麼，華淺就更是厚著臉皮，當自己之前不曾嫌棄過它。

話本翻了一半，門被推開了，只見華戎舟灰頭土臉地走了進來，配上那俊美的臉蛋，顯得格外可憐。

華淺無奈地搖了搖頭，說：「是不是那群熊孩子又折騰你了？」

華戎舟用力地點了點頭，華淺強忍著笑，開口說：「趕緊先去屋裡換身衣服吧……」

華戎舟在這小鎮也待了一年多，成功地收穫了小鎮上下男女老少的歡心，畢竟裝乖賣巧可是他最擅長的手段。

女人喜歡他就不用多說了，連男人也喜歡他。只因他有著一身好武藝，每次其他人打獵或者砍柴都會拉他同去，有他在就會事半功倍，還能滿載而歸。

至於小朋友嘛……那是因為鎮裡人見他武藝好，便請他在武館裡教小孩子習武健身，於是他一天到晚沒少被折騰，偏偏對方是小孩子，也沒辦法還手。

其實華戎舟本來是可以拒絕的，從未有人逼迫他，可他從頭到尾都沒多說什麼。

華淺看出來，他是因為想在這個小鎮留下來，才會努力地和每個人交好，所以也沒有插嘴。

畢竟華戎舟處理事情的能力她還是很清楚的，比如徐茗的事情就是……

「華淺，我師父呢？」

說曹操，曹操到。

只見徐茗火急火燎地跑進院子，像是被狼追一樣。

華淺伸頭朝屋裡努了努嘴。「一樓他房間裡呢……」

然後徐茗就一頭跑到屋裡去了，他口中的師父自然是華戎舟。

當初得知徐茗斷腿一事和華戎舟有關，華淺並未插手，而是任由他們自己去解決。

也不知道華戎舟找徐茗說了什麼，從那以後，徐茗就天天跟在華戎舟屁股後面，叫他師父；明明華戎舟比徐茗要小上兩、三歲，徐茗叫師父倒是叫得心無芥蒂。

不過一刻鐘，白洛也出現了，站在院子裡扠著腰說道：「華淺，徐茗人是不是在妳這裡？」

華淺並未著急回答，反而揚了揚手裡的話本。「妳給我的這冊我都看完了，有沒有新的？」

白洛深吸一口氣，從懷裡掏出了一冊新話本，甩給華淺。

真是學聰明了，還知道有備而來，華淺滿意地點了點頭，才開口說：「人在華戎舟房間裡。」

白洛進去片刻，華戎舟就出來了，換了一身乾淨的衣服。華淺見此，縮起了伸直的雙腿，給華戎舟在鞦韆上騰了個地方。

華戎舟坐下來後，自然地抬手，讓華淺縮起來的雙腿搭在自己腿上。華淺也不介意，就勢又伸直了腿，開口問：「他們又怎麼了？徐茗找你做什麼？」

華戎舟雙手枕在腦後，開口：「徐茗說讓我教他一種能讓白洛追不上的輕功。」

華淺一愣，下一秒就笑出聲來：「這兩個人年紀都不小了，還這麼幼稚。尤其是徐茗，要是不想見白洛，不是有千萬種法子嗎？偏偏自己還當局者迷。」

華戎舟默默地點頭應和，華淺繼續看起話本，而華戎舟則是坐在她身側閉目養神。

剛翻了幾頁話本，華淺就又忍不住開口：「你說為什麼這些寫情情愛愛的話本裡，大多是富家小姐喜歡上窮書生，或者是貴女愛上戲子的橋段呢？我看了這麼多，都是女子下嫁，好像很少有皇親國戚喜歡上平民女子的。」

華戎舟睜開眼，棕色的眼眸眨了眨，像是在認真思考。他回答：「可能寫這些話本的都是男子。」

華淺腦海裡頓時浮現出一幅摳腳大漢扭扭捏捏，寫著你儂我儂話本的畫面，樂得腰都彎了。

華戎舟見她笑得開心，面上雖無過多表情，可棕色眼眸像是化了一樣柔和。

察覺到華戎舟的目光從自己臉上移到腰際，華淺心裡一突，還未來得及坐直就聽華戎舟開口：「這一年多妳是不是吃胖了？」

問得十分認真，華淺也看到了自己腰上比之前多出來的一圈肉，沒辦法，這個小鎮太小，她憂心有人監視也不敢出鎮子，自然要比之前胖上一圈。

只是女生永遠都對體重問題格外敏感，華淺抬腳就踹向華戎舟的肚子。「你眼睛是不是有問題，誰說我吃胖了？」

被踹了一下後，華戎舟趕緊把手放下來，握住華淺的腳踝開口：「好好好，是我說錯了……」

被握住腳踝，華淺還是不甘心地掙扎著要踹他。直到又有人進了院子，華淺才趕緊收回腿，盤起腿正襟危坐。

來的是白洛的母親白夫人，她裝作沒看到鞦韆上那兩個人方才的「打情罵俏」，開口問：「淺淺，我家洛丫頭是不是在妳這裡？」

華淺還未開口，就看到徐茗和白洛從屋裡走了出來，徐茗看著表情頗為頹廢。

「娘，妳怎麼來了？」白洛上前幾步開口。

白夫人回道：「家裡來了客人，我特地來尋妳。」

白洛有些不情不願，似是不想放過徐茗。「什麼客人啊？」

「就是妳祖母的妹妹家的女兒，也算是妳的姨母。」

白洛凝了眉開口：「這是什麼親戚？我都沒聽說過，還隔了這麼遠。」

白夫人見此，毫不含糊地揪著白洛的耳朵說道：「妳姨母之前在京城裡，她服侍的主人家遭了難，前幾天主人家都故去了，碰巧趕上今年的選秀大典，皇家開恩，才放她們那些奴才歸鄉。」

白洛雙手護著耳朵，嘴上還不服氣：「哪個主人家啊？之前富貴的時候也沒見念過我們。」

白夫人一步步向外走去，嘴上還是解釋：「話不能這麼說，富貴可不見得是好事，妳姨母之前是在京城裡的華府，妳看那前華相和他夫人，到頭來連個送終的人都……」

徐茗看到白洛離開後，才又昂首挺胸地和華淺他們告別。

一時之間，院子裡安靜極了，只剩了兩人。

主人家、故去、華府……

華淺看了看手裡被撕成兩半的那頁紙張，轉頭對華戎舟笑道：「看我多不小心，這可是白洛的心肝寶貝，我去給她黏好，不然她要是知道，有得鬧騰了。今天換你去做飯吧。」

然而手裡的書下一刻就被抽走，華戎舟的聲音響了起來：「我來黏就行。」

華淺還是保持著低頭的姿勢，看著空蕩蕩的雙手。

鞦韆一動，華戎舟坐近了些，開口：「妳若想回去，我有的是法子避開監視的人，把妳毫髮無損地帶回去。」

等了許久也不見華淺說話，天色漸漸暗了下來，想起華淺的眼睛不好，華戎舟便起身準備去點上燈火。

然而人剛站起來，就感覺到衣服被人從後面拉住，只揪住了一點點，華戎舟稍微一動就能掙脫。

華戎舟沒有再動，就這樣靜靜站著，很久之後才聽到身後華淺的聲音響起，微弱得彷彿貓叫：「我可以抱你嗎？就像之前在華府裡……我兄長去世時你抱我那樣……」

65

「皇上，這是禮部呈上來的選秀名錄，秀女們都已進宮了……」高禹彎著腰，將一本冊子放在案上。

仲溪午拿起來隨便翻了幾下，就看到一頁有戚家的人。

看著仲溪午的動作，高禹趕緊開口：「這是戚家今年送來的秀女，正是戚貴妃的嫡親妹妹。」

仲溪午諷刺地勾了勾嘴角，這戚家還真是能下血本，看到戚貴妃已經毀容失勢，便趕緊又送了個人進來。

不過這也算是一種示弱，這幾年戚家被打壓得日漸式微，竟然狠心將家裡僅剩的一個嫡女也送進宮。

「既然是戚貴妃的妹妹，那便直接冊封為美人，住在凝芳宮的側殿吧。」仲溪午狀似不經意地開口。

凝芳宮主殿住的正是戚貴妃。

「是，奴才這就去傳旨。」高禹拱手。「那其他秀女，皇上……」

仲溪午合上冊子，開口：「其他人等等再說。」

高禹收起冊子就離開了，宋安一路小跑跟著自家師父，去了秀女住的地方。

路上，嘴碎的宋安又忍不住念叨：「這皇上對貴妃娘娘可真是好啊，這還沒見過秀女們呢，就冊封了貴妃娘娘的嫡親妹妹，還體諒她們姊妹情深，讓兩位主子同住一殿。」

高禹慢悠悠地走著，臉上的笑讓人琢磨不透。「是啊，皇上對貴妃娘娘可真好啊……」

只是，讓一個毀了容的貴妃，日日面對著自己年輕貌美的嫡親妹妹……入了後宮哪裡還有什麼姊妹情深呢？

獨自一人的仲溪午又喚出了林江：「人……送出去了嗎？」

林江半跪著回道：「約莫著明日就能送到境外了，屆時陳淵就能趕回來。」

仲溪午點了點頭，起身開口：「那朕就先去母后殿裡一趟，接下來有段時日都見不到了。」

剛踏進太后殿裡，就聽到一陣歡聲笑語傳過來。

一個清脆伶俐的女聲響起：「太后娘娘此話差矣，為人子女自然是以父母為天，可是出嫁後可不能只以夫君為天，臣女覺得，夫君主外已是事務纏身，為人妻者還是能同夫君一起扛起半邊天的好。」

仲溪午眉頭一皺，這宮裡什麼時候多了這麼一個口無遮攔的人？

大步走進去，看到一個著鵝黃色羅裙的女子坐在太后身側，面容清麗，尤其是一雙眼睛，像狐狸一樣滴溜溜地轉。

一看就是個不安分的，仲溪午心裡下了定義。

「放肆，妳自己什麼身分，敢在太后面前大言不慚？」仲溪午厲聲開口，殿內的笑聲頓時一停。

太后見此打圓場道：「這是李太傅之女李婉儀，今年剛進宮的秀女，我看她聰慧伶俐，便特地叫她來陪我解悶。」

太后從來沒有如此誇過剛見面的人，更別說面對一堆剛進宮的秀女，唯獨特殊地召她來閒談。

如今言辭這般肯定，一則可能是這李婉儀當真聰穎討喜，二則便是李婉儀是太后早就暗中選好的人，至於選的目的嘛……不言而喻。

難怪李繼在前朝那般倚老賣老、撒潑打滾，原來是身後早已有了靠山。

想明白這層道理，仲溪午的臉色不是很好。「李太傅年五十才得一女，他過些時日就要致仕，怎麼此時還捨得把自己的獨女送進宮來？」

李婉儀並未被仲溪午冰冷的臉色嚇到，反而畢恭畢敬地行了個禮，然後說：「家父說皇上是真龍天子，能進宮服侍皇上是臣女百世修來的福分，又怎麼會捨不得呢？」

這裝模作樣的做派，可真是和她父親一模一樣。

仲溪午仍是不留情面：「誰說妳能被冊封了？等到二十五歲被送出宮的秀女也大有人在。」

李婉儀抬眸，毫不閃躲地回道：「能在這皇宮裡離皇上近一些，沾點皇上真龍天子的福氣，臣女也知足。」

巧言令色。

太后終究是看不下去了，插了一嘴：「在這宮裡，難得有人願意真心誠意陪我這個老婆子說上幾句話，皇上就不要再責罵她了。」

仲溪午一頓，對上太后略帶惆悵的目光，心頭也不由得一顫，頓時失了所有想繼續斥責下去的心情。

曾經，也有那麼一個人，待太后以真心。

其實仲溪午如此看李婉儀不順眼，不只是因為她方才那幾句不當之語，更多的是因為他心底清楚太后的心思，可他還是控制不住地……不想有人坐上那個位置。

仲溪午不再看旁邊站立的李婉儀，轉而對太后說：「那新晉秀女冊封之事就勞煩母后多多看顧，兒臣接下來應是會……比較忙碌……」

太后垂眸，手指摩擦過腕上的白玉鐲，說：「皇上既然如此忙碌，那我就越俎代庖，幫你定下這些秀女，皇上專心處理好……自己的事情就可以了。」

「一切聽憑母后安排。」仲溪午垂首抱拳，頭深深地低了下去。僵持了快三年，做兒子的守著自己的後宮自欺欺人，做母親的挾持著遠方那個鎮子裡的人以退為進。

如今母子兩人終於達成了共識，旁人可能聽不出這幾句話裡的涵義，可是他們兩人都清楚地知道，這是仲溪午主動選擇了妥協，才換取了一個……「處理自己事情」的機會。

言罷，仲溪午垂手告辭，在門口候著的高禹趕緊跟上。

剛走了幾步就看到身後跟著那個鵝黃色的身影，仲溪午忍不住停了腳步，轉身冷眼看著那人。「妳跟在朕身後做什麼？」

李婉儀被突然的喝斥嚇了一跳，快速地眨了眨眼睛說：「回皇上，方才太后說身子乏了，讓臣女先行回去，而這條路正是臣女回去的路。」

仲溪午眉頭越皺越深，李婉儀見此又試探性地開口：「皇上若是不信，那臣女走前面？」

「大膽！」不等仲溪午開口，高禹就開口喝斥。「妳一個秀女也敢走皇上前面？」

李婉儀有些委屈地撇了撇嘴。「跟在後面不行，走在前面也不行，這就一條路，要不皇上先走，臣女在這兒等著？」

看著模樣委屈，這說的話可是大膽，能被太后看上的人，又怎會如此莽撞？看來又是一個扮豬吃老虎的角色。

仲溪午被噎了一下後，深吸了一口氣，甩著袖子就走，嘴上還是忍不住咬牙切齒：「真跟她父親一樣，潑皮無賴。」

林間溪水旁，一群姑娘、媳婦圍坐著洗衣服，她們時不時看向一個方向，眼裡滿是羡慕，那個方向有兩抹身影。

一個是正在洗衣服的華戎舟，一個是坐在溪邊泡腳，抱著一小筐櫻桃吃得正香的華淺。

本來是華淺在洗衣服，她手剛碰著水，華戎舟就不知道從哪裡冒了出來，端著一筐櫻桃，換走了華淺的一盆衣服。

這一筐櫻桃個個晶瑩剔透，看著就是剛摘下來洗乾淨的。華淺腳掌拍著水面，一邊吃一邊說：「這是哪來的櫻桃啊？看著挺新鮮。」

「東邊打獵的那座山，我上個月無意看到一處野生的櫻花林，於是沒事就去等它成熟。」華戎舟一邊勤勤懇懇地洗著衣服，一邊回答。

怪不得今天剛吃完午餐就看他跑得沒影，原來是摘櫻桃去了。

看著華戎舟洗衣服的動作越發熟練，華淺也不由得嘖嘖稱奇，感嘆他學習能力之強。剛來的時候他也要洗衣服，那時候經他洗過的衣服，可沒一件能完好無損的。

不過之前那些洗壞的衣服也沒浪費，全被華淺拿來教華戎舟縫紉了。華淺越看越滿意，挑了一顆又大又紅的櫻桃遞過去。「給，賞你的。」

華戎舟雙手握著衣服，伸頭過去銜走了華淺手裡的櫻桃，軟軟的嘴唇擦過華淺的手指，像是指尖溜走了一塊棉花糖。

華淺便又拿了一顆遞過去，華戎舟還是乖乖張嘴吃了。像是投餵寵物一樣，華淺倒是覺得比自己吃都開心。

只是隱約感覺氣氛有點不太對，眼角餘光瞥見那一群嫌棄地看著她的媳婦、姑娘，華淺頓時感覺臉上有點臊得慌，趕緊老實坐好，不作妖了。

只是坐得久了，屁股都有點麻木。華淺挪了挪身子，不小心把放在岸邊的鞋子碰掉一只，鞋順著河流就流走了。「我的鞋……」

話還沒說完，岸邊響起了一陣小姑娘的歡呼聲，只見華戎舟一個翻身從河面掠過，落到岸邊，手裡便多了一只鞋，這一連串動作那叫一個行雲流水。

華戎舟把鞋子放回岸邊，說：「妳小心點，老實坐著吃東西還能把鞋子掉水裡。」

華淺一愣：「你這話是在說我笨手笨腳？」

華戎舟沒回話，繼續洗衣服，表情卻是默認的。

華淺惡從心頭起，放在水裡的腳一挑，一片水就朝華戎舟潑了過去。

只見華戎舟身子一側，沒沾上半分，若無其事地繼續洗衣服。

華淺不服氣，繼續用腳掌擊打水面，幾個回合之後終於有人說話了，是一同洗衣服的其他婦人。

「真是看不下去了，就欺負我們這些一個人來洗衣服的人……」

「就是，走走走，咱們趕緊走……」

……

一群婦人端著盆浩浩蕩蕩地離開了，華淺這才後知後覺地有些尷尬。

抱歉地笑了笑，轉頭目送那群人離開時，華淺身子突然一僵。

華戎舟飛快地察覺到了，順著華淺的目光，他看到了河流斜對面……有一個他們都熟悉的身影。

華戎舟垂下了頭，片刻後開始收拾身邊的衣物，然後他半蹲下來，撩起自己衣服下襬，伸手將華淺還泡在水裡的雙腳撈了上來，擦乾淨後給她穿上鞋子。

華淺回頭看著他，目光似乎有些疑惑，只見華戎舟拿起洗衣盆說道：「衣服洗完了，我先回去掛起來晾晒……」

然後伸手拿走華淺懷裡的櫻桃筐，又說：「妳等下……記得回來……」

華戎舟轉身離開後，華淺這才反應過來，又看向那個方向，那個人影還在。

仲溪午已經站了有小半個時辰，可能是華淺過得真的太安逸了，他看了這麼久，華淺都不曾察覺。之前在京城裡他不過是看了她兩眼，就差點被她捕捉到。果然……這裡的生活才是她想要的，所以她才能由之前的聰慧靈敏，變成如今這般慵懶遲鈍，看著似乎還……吃胖了不少……

華淺抬步向他走了過來，走了一座橋，跨過一條河。「不都說國不可一日無君嗎？你怎麼會出現在這裡？」

走到面前後，仲溪午才發現方才還純樸得像個鄉村姑娘的華淺，一瞬間好像又變成了那個防備心重的相府千金。

他心裡發苦，嘴上卻笑著說：「君王也會生病。」

華淺一愣，才反應過來他是稱病罷朝才偷偷來了這裡，可真是……胡鬧。兩人面對面站了很久，都不知道該說什麼，似乎他們之間沒什麼話可說。

眼見著華淺還是目含警惕，仲溪午慢慢將發抖的手背到身後，站直了脊背說：「華相還活著。」

只見華淺的眼睛驀然睜大，呆了許久才反應過來，這皇家的套路還真是一模一樣。

一剎那，華淺明白了仲溪午此次來的目的，因為華相「死」了，她就徹底自由了。

華淺低頭輕笑了起來，笑得彷彿方才對岸那個抱著筐吃櫻桃的傻姑娘。「謝謝。」

仲溪午感覺眼眶發熱，那些困擾他幾年的心緒，也消失了個乾淨。她相信他，問都不問，就相信了他。

華淺回到庭院時，裡面一片寂靜。

看到還堆在盆裡的衣服，華淺心裡不由得好笑，正欲進屋，卻看到樹上落下一人，正是華戎舟。

「好好的，上樹做什麼？」華淺皺眉。

「站得高，就看得遠了。」華戎舟向來淡漠的棕色眼眸此時顯得流光溢彩，華淺似乎從未見他這麼開心過。

華淺心頭一柔，抿嘴笑著說道：「趕緊晾衣服去，我去……煮碗麵。」

華戎舟收拾好之後，看到華淺提著一個密封好的食盒，說：「他應該還沒有走遠，你把這個……謝禮給他。」

華戎舟未有絲毫遲疑地點頭接過去，正準備走，卻聽到華淺的聲音響起，帶著讓人不忍離開的眷戀。

「早去早回。」

「好。」華戎舟啞著嗓子開口。

多少年了，都不曾有人說過等他回來。如同被點燃的炮仗，華戎舟只用半刻鐘就趕上了仲溪午一行人。

仲溪午皺眉，還未開口，就看到華戎舟在地上放了一個食盒，然後丟下一句話就沒了人影。

「給你的，謝禮，她說的。」

仲溪午揭開蓋子，是一碗還冒著熱氣的麵，熱氣薄弱，卻輕易熏紅了他的眼眶。

他想，這碗麵……若是吃了還放不下那個人該怎麼辦？可若是吃了……就放下了，又該怎麼辦？

最終他還是一言不發地合上蓋子，起身登上馬車離開。隨行的林江想，那碗麵肯定很好吃，不然主子怎麼會沒有吃就紅了眼呢？

馬蹄聲響起，片刻後這裡恢復了安靜，彷彿從來都沒有人來過，只留下空中飛揚的塵土，和地上半舊的食盒。

第十九章

仲溪午番外篇

1 初遇篇

「皇上、晉王爺，晉王妃她……她不小心落水了……」

一個小太監氣喘吁吁、急匆匆地跑過來，他話剛說一半，面前兩個身影就只剩那抹明黃色的了。

仲溪午瞇眼看著快步離去的仲夜闌，卻是未動，轉頭問那個小太監：「怎麼回事？」

小太監喘了口氣才說：「回皇上，方才太后娘娘和晉王妃一同在御花園裡賞魚，也不知怎的……晉王妃就掉到了池塘裡。」

仲溪午眉頭一皺，那個小太監又趕緊說：「不過並無大礙，晉王妃……自己游了上來。」

仲溪午明顯一愣，然後擺擺手讓小太監下去。他沒有著急走，對著暗處說：「陳淵，你去查一下。」

不過一盞茶的工夫，陳淵就從暗處現身，附在仲溪午耳邊說了幾句。

仲溪午向來溫和的眼眸裡也有了幾分冷意。「還真是膽大妄為，成了親還不知收斂，真當這皇宮是他們華家的天下嗎？」

他甩袖離開，卻朝著和方才仲夜闌離開時相反的方向。

剛走到一所宮殿的窗扉前，就聽到一道清脆的女聲響起，帶著幾分不怒自威的氣勢：「荒唐，華美人莫非昏了頭嗎？我父親為何要知道妳這後宮之事？」

腳步一頓，仲溪午停了下來，閃身到一旁，同時示意跟著的高禹屏息斂聲。

接下來，仲溪午就聽到屋裡的那道女聲，把他宮裡向來蠻橫又沒腦子的華美人堵得幾欲吐血。

「華美人既然對皇上痴心不改，那就別把心思放到其他地方，從一而終這個道理不用我來教了吧？」

聲音剛落，一陣腳步聲就傳來，仲溪午一愣，然後下意識地側身走到牆角拐彎處，躲了過去。

直到屋裡再無動靜，仲溪午才回頭看著身後的高禹開口：「她們對外不是向來擺出姊妹情深的模樣嗎？你說這晉王妃是不是知道朕在這裡？」

高禹低著頭眼珠轉了轉說：「奴才……不知。」

這話說得模稜兩可，仲溪午也沒有追問。沒有抓住把柄，他也就隨口一提，這人還不值得他去費心。

「走吧，先去母后宮裡。」

2 緣起篇

酒樓裡，仲溪午坐著，聽了林江的回覆，皺了皺眉頭。「哦？皇兄怎麼會插手牧家之事？」

林江猶豫了片刻才開口：「先前，牧家小姐藏身於晉王府，才未被抓入牢獄。」

仲溪午手指微蜷在桌面上敲了敲，片刻後才開口：「皇兄雖然易被感情之事蒙蔽，卻也並非是非不分之人，你再去查查，這牧家之事是否有隱情。」

林江低頭應和，仲溪午起身正欲起身離開，突然聽到窗戶外傳來一聲喝斥：「哪裡來的死要飯的，敢擋晉王府的馬車，不要命了嗎？」

仲溪午眉頭一皺，他向來不喜這欺壓平民的官僚作風，於是轉了腳步朝窗戶外面望去。

剛走到窗邊，就看到一抹熟悉的人影緩緩從馬車上下來。

仲溪午心裡頓覺好笑，就如此巧嗎？然而出乎他意料的是，向來驕縱又自恃身分的華淺，竟然會為一個乞丐出頭。

三言兩句就打發了滋事的商人，還讓自家侍衛帶著那乞兒去醫館。那小乞丐也似乎頗為意外，一直看著華淺離開的背影。

仲溪午勾了勾嘴角，這個華府千金做了晉王妃後倒是學聰明了，還知道大庭廣眾下拉攏民心。他只覺得這是華淺裝出來的和善寬容，畢竟之前的華淺性情可並非如此。

仲溪午嘲諷的笑容還未露出來，就看見剛走到馬車旁的華淺，突然轉頭往他所在的窗戶看了過來。

一個閃身，仲溪午就躲到了窗扇後面。

她怎麼這麼敏銳？

直到外面馬車漸行漸遠，仲溪午才又站了出來。「我為何覺得她像是變了一個人一樣？」

林江應聲道：「應是得償所願後，便收斂了心性。」

仲溪午手指拂過窗櫺，開口：「是嗎？那可值得好好查探一番。」

林江不曾言語，仲溪午背對著他說：「等下你在晉王府的人中挑一個伶俐點的，放到……她身邊。」

3 試探篇

「京城之中，天子腳下，這華深還真是被華相慣得不知輕重。」仲溪午重重地擱下手裡的茶盞，轉頭對身邊之人說：「你們不曾在明處露面，就下去幫那琵琶女一把，我要看看這個華深有多囂張……能惹出多大的麻煩來。」

林江和陳淵一俯首，翻身落到酒樓大堂中央。

「這位公子，光天化日、眾目睽睽之下，強搶民女這般作為可是不太好。」林江率先開口。

華深小眼睛打量了一下，發現只有他們兩個人之後，就有了些底氣，扠著腰、挺著肚子開口：「本少爺看上她，那是她的福氣，關你們什麼事？不想死就別多管閒事，一邊待著去。」

說著華深就示意自己帶的府兵去抓那個琵琶女，林江和陳淵對視一眼，都從彼此眼裡看出些許鄙夷。不過片刻，幾個府兵就被丟了出去，哀號聲不止。

這次陳淵開了口：「我們兄弟兩人最見不得這種仗勢欺人的局面，今兒個還就想自找麻煩，看你能不能從我們手裡搶走人！」

華深躲在府兵身後，他知道面前兩人身手不凡，就不敢輕易讓府兵前去迎戰了，只是這般灰溜溜地走也太失面子，所以他還是嘴硬地罵罵咧咧，雙方僵持不下。

大家的注意力都被華深一群人吸引走，角落裡的仲溪午默默坐著，倒是無人注意。

也就只有一個瘦骨嶙峋的酒樓雜役見他孤單一人，上前給他添了些茶水。

仲溪午通過眼角餘光看到華府的一個家僕悄悄退了出去。他嘴角勾了勾，轉移了視線，並未派人阻攔。因為他也想知道，華相不久前才告假，這個家僕如今能搬來的……救兵，會如何處理此事呢？

華相向來圓滑，做事不留尾巴，讓人無從下手，若是他的一雙兒女互相包庇，那可就有處拿捏了。

只是仲溪午沒有想到，華淺來了之後竟毫不留情地要把華深一干人等扭送官府，這若是見了京兆尹就有些麻煩，說不定到時候就得他出面了。不過林江還是知事理的，不用仲溪午吩咐就把見官府的事給攔下。

若換作是任何一家貴女如此作為，仲溪午最多只是心裡讚賞，也不會過多留意，可偏偏是華淺。她之前滿口虛情假意，自私自利，此時還真是讓人不得不注目。

眼見著華淺一直看向林江和陳淵離開的背影，似是生了疑心，仲溪午便逕直走了出來吸引她的注意力。

「晉王妃可真是令人刮目相看啊。」

4 起意篇

一連幾日，華淺不知道是中了什麼邪，隔三岔五就往皇宮裡跑，天天拜見以往她最不喜歡的太后。

仲溪午一開始裝作不知道，想看看她打什麼主意。結果一連小半月過去，華淺來皇宮真的只是為了拜見太后。除此之外，什麼地方都沒去，什麼人也都沒見。又聽銀杏回稟，華淺此舉似乎是在躲仲夜闌的恩寵。仲溪午更是疑惑，不怪他上心，畢竟之前華府一家可是劣跡斑斑，讓人無法放心。

於是仲溪午在華淺來皇宮的時候，也時常「不經意」地去太后宮殿。

然而每次都能看到華淺和自己的妃嬪打成一片的模樣，仲溪午不由得皺起了眉頭。

這華淺是想做什麼？

她成親以後就變得沉穩又圓滑，頗有幾分華相的風采，卻讓人更加忌憚。

不過華淺終歸還是不如華相，幾句話就把她嚇得不復穩重的模樣，也讓仲溪午發現了自己的惡趣味，那就是……繼續嚇唬她。之前的華淺愚笨，就算是試探都聽不懂，現在成了親，還真是變得聰穎起來了。

御書房裡，仲溪午特意挑出一本奏摺遞給華淺，看她戰戰兢兢卻眼珠子直轉，像極了仲溪午年少第一次打獵時獵到的那隻狐狸，明明害怕得縮成一團，腦子裡卻還不放棄地打著鬼主意。

仲溪午莫名覺得心情好了些。

那時候，仲溪午並不知道自己的欣喜是從何而來，也不曾在意，只當自己是尋了個消遣。

直到看到華淺下意識地去拉仲夜闌的衣袖，兩人握手而立時，仲溪午才清醒了些，那可是……他的皇嫂。

想著要轉移自己的注意力，卻在聽到華淺為仲夜闌準備了生辰宴後，又忍不住開口要一同前往。仲夜闌渾然沒發現他閃爍的眼眸，爽快地應了下來。

仲溪午一路忐忑，直到入了晉王府，才知曉自己的忐忑是從何而來……宴席過半，華淺推出了一人演奏，明眼人都能看出來這是華淺在給仲夜闌安排人，尤其這個人還是牧遙。

仲溪午心生疑惑。他早知牧遙的身分，當初華淺為了能和仲夜闌在一起，可是沒少耍手段，怎麼現在成了親，反而大方起來了？

心裡有疑，連琴音都沒聽進去，只是為了掩飾，他還是故作自然地讚賞了幾句。眼角餘光看到華淺自顧自地坐在一旁，似是還有些……得意。

仲溪午忍不住開口：「那晉王妃為皇兄準備了什麼生辰禮呢？」

華淺明顯愣了一下，仲溪午嘴角不由得一勾，看來她是沒準備啊。

可是看到後來的那碗長壽麵，仲溪午突然說不出話來，他不想承認的是……他竟然莫名有些眼紅。

一個皇帝嫉妒一碗麵，這說出來可真是可笑啊。

可是仲溪午笑不出來，胸口似是被什麼堵著，讓他在宴席結束後還賴著不走。

他故意岔開話題調走了仲夜闌，然後自己冷了臉，揪著一個問題不依不饒。

有一瞬間他自己都未曾察覺，他是有些想聽她否認的，只是下一刻華淺就義正詞嚴地把他堵得無話可說。

看著月光下華淺皎皎的面容，仲溪午心頭莫名不舒服，心裡的想法也不受控制地說了出來：「這番告白聽著可真是讓人眼紅，皇兄可還感動？」

5 祭祖篇

喧鬧的人聲，混亂的典禮，眾多侍衛如同層巒疊嶂一般擋在仲溪午四周。高禹也死死地擋在仲溪午身前，抵著他挪動。

仲溪午並未被突襲亂了陣腳，反而微眯眼睛掃過全場，然後不由自主地往一個方向看去，離開的步伐突然一頓，他的目光定格在層層人群外的那一抹人影上。

因為相比於其他鬼哭狼號的千金名媛，華淺顯得太過特立獨行。只見她腦袋不住地晃動看向四周，那模樣像是在找……吃的？

仲溪午心頭狐疑，為何她像早就知道了此事一般？思索時行走的步子也慢了幾拍，身前的高禹馬上疑惑地回頭。「皇上？」仲溪午這才反應過來，此事可容後再想。

正當仲溪午欲收回目光時，他的眼睛突然瞪大，身處喧譁之中，卻清晰地感覺到自己的心跳停了幾拍。

遠處，方才還悠閒從容的那個人影的胸口，慢慢暈開一片血跡，太過刺眼的血色剎那間也染紅了仲溪午的瞳孔。

他的腳步不由自主地向前一邁，卻又被高禹和層層侍衛硬推著後退了數步。他們之間離得不算太遠，仲溪午可以清晰地看到華淺吐了口血，鮮血染紅了衣領，還可以看到華淺眼睛裡的難以置信。

只是直到華淺轟然倒地後被仲夜闌護入懷裡，仲溪午也未能靠近半分，因為他們之間雖距離不遠，卻隔了數不清的人。

仲溪午被侍衛一路護送回了皇宮，不過片刻林江就單獨出現回稟典禮情況。仲溪午只看見林江的嘴一張一合，卻發現自己竟然聽不見一個字，終於他開了口：「晉王……府情況如何？」

林江明顯了躊躇一下才開口：「回皇上，晉王未受傷，其府兵也無傷亡……」

「她呢？」仲溪午終於忍不住了，語調也不復平穩。

林江心頭一跳，立刻埋下頭回答：「晉王妃負傷昏迷，具體情況臣不知……」

仲溪午心中有說不出的煩悶，強行按捺住心情，開口：「讓銀杏看緊了，任何情況都要及時匯報。」

「皇上……這似乎不合情理……」林江終於還是忍不住開口暗示。

仲溪午手指微縮，他又如何不知？

勉強讓自己冷靜下來，眼前卻反覆閃現典禮之上華淺一開始遇襲時的淡定模樣，還有毫不猶豫地跑向仲夜闌的身影，以及最後她中箭後的難以置信……

這其中分明有什麼不對勁的地方，只是仲溪午想不透。

看到仍跪著一動不動的林江，仲溪午深吸了一口氣，穩了穩心神才開口：

「朕……自有打算。」

6 情定篇

終於等來了華淺脫險的消息，與此同時，銀杏還傳過來仲夜闌突然棄重傷中的華淺於不顧，不聞不問的消息。

待了幾日，仲溪午還是無法裝作不知，心裡說不清是懷疑還是其他情愫，他召了個太醫，未曾打招呼就趕到了晉王府。

昏睡中的華淺看起來比平時要溫順得多，沒了疏離和小心翼翼，也讓仲溪午存了幾分不願叫醒她的心思，就這樣靜靜坐等著。

若華淺能早一刻鐘醒來，就會看到仲溪午望著她的眼神……讓跟隨而來的太醫都深深地低著頭，大氣不敢出一下。

仲溪午也說不清楚是從什麼時候開始，他開始猜不透華淺的心思，也猜不到她所有舉動的意圖。

更可怕的是，他竟然想要去猜她的心思，猜她的舉止。

聽到華淺在晉王府上鬧著要和離的消息，仲溪午只是愣了一下。而相對於心頭的懷疑，仲溪午發現自己聽到這個消息後，卻是欣喜更多一些。

之前為了嫁給仲夜闌，華淺可謂是醜態百出、壞事做盡，也就仲夜闌相信她的一面之詞，被蒙蔽過去。現在她這般爽快地和離，還真是和從前判若兩人。

或許這就是所謂的耳聽為虛，眼見為實。

得知太后召見華淺的消息後，仲溪午就非常俐落地將引見的太監換成了自己的人，然後裝作不經意地守在路口等偶遇。

再次看到活蹦亂跳的華淺，仲溪午根本抑制不住自己上揚的嘴角：「這麼巧啊，晉王妃。」

只是這次的華淺卻對他格外冷漠，比以往還要疏離。仲溪午認真地回想了一下，應該是自己在晉王府時，他和華淺之間因仲夜闌派人來請而中斷的那場談話，讓她心生不滿。

想起那日面色蒼白、委屈得眼眶泛紅的華淺，仲溪午心頭也有些愧意，於是不由得放軟了口氣。

本想藉此時機，勸她日後遇事先把自己放第一位，莫要再為別人強出頭。華淺卻總是話聽了一半就把他甩在身後，讓仲溪午也不由自主地扶額。

自己惹惱的人，還得自己哄啊。

與此同時，他的嘴角上揚得越發厲害。這見了面才知道，如今的華淺，可真是看不出來對仲夜闌還有半分眷戀。

回憶起華淺以往在他面前數次剖白對仲夜闌心意時的鄭重模樣，仲溪午省悟過來，華淺把她對仲夜闌的感情說得太過理智和滴水不漏，反倒失了幾分真情實意。

若是真心，哪裡能侃侃而談？

像是想騙別人去相信她對仲夜闌的一往情深一樣，她恐怕更想騙她自己去相信。

心情越發好，仲溪午也就不在意華淺的忤逆行為了。不過華淺的一番話也提醒了他，他們如今的身分確實還有著種種顧忌。

若是他能早些認識她，再早一些去瞭解她，該有多好，定會比如今少些阻礙。

不過仲溪午自小集萬千光環於一身，自己文韜武略從不曾落後於人，母親也是後宮之首，他想要的東西，只要肯努力，就不會有意外。

太后年紀已大，掌管後宮漸漸力不從心，而如今的華淺，簡直就是為了這個后位而生的。

她生性聰穎、心思靈敏，成親後不過進宮幾次，就和整個後宮的人拉近了距離，為人又知進退，並不爭強好勝。

而最重要的是……仲溪午越來越無法忽視華淺對他的影響力。華淺為仲夜闌擋箭的那一幕，讓他活了這麼多年，第一次體會到什麼叫「後怕」。

他放在心口念叨的人，受傷後卻被仲夜闌放在一邊，不管不顧。那麼，就別怪他把華淺拉到自己身邊來護著，他絕對不會讓這種事再次發生。

太后如今很喜歡她，所以仲溪午並不擔心母后的那一關。他需要解決的就只剩下兩個問題：一是勢大的華府，二是部分迂腐的前朝官員。

雖然過程可能難了些，但也不是沒有可能，畢竟他才是這天下的皇帝。

思緒已定，仲溪午對身邊的高禹開口：「給銀杏下道令。」

高禹側耳過來，只見仲溪午眼裡含笑。「讓華淺和皇兄，再無復合的可能。」

第二十章

華戎舟番外篇

1 成長篇 上

「師父，那人今天又來了。」

小藥童揉著睡意矇矓的雙眼，蹲在吳塘的床頭小聲埋怨。

吳塘坐起身，伸出一隻手掌拍了拍小徒弟的腦袋，然後披件外衣就下了床。

在屋裡翻找了一陣後，他才接過小藥童手裡的燭火開口：「你去把門關好，繼續睡去吧，我自己過去就行。」

剛走到後院的一個屋裡，迎面而來就是一股血腥氣。吳塘微微皺了皺眉頭，表情卻習以為常。

他將燭火放到桌上，火光頓時照亮了這個簡陋的屋子，這裡是平時接待病人的地方。

此時屋裡已經坐了一人，那濃郁的血腥氣皆是因他而起，若是有認識的人在這裡，定會一眼認出，此人正是……華戎舟。

屋裡兩人都沒有說話，一人脫衣一人上藥，有種詭異的默契。

看著本就傷痕累累的上半身舊傷未癒又添新傷，吳塘終於還是忍不住開口：

「人的身體是肉做的，不是鐵打的，看你比我那小徒弟也大不了幾歲，年紀輕輕總得為自己考慮，何必爭強好勝一直和……別人過不去呢？」

搖曳的燭火使得華戎舟的面龐忽明忽暗，他卻沒有開口反駁。

燭火跳動了一下，吳塘一不留神下手重了些，一道剛止住血的傷口又流出暗紅色的血。

吳塘手上的動作一頓，眼角的餘光卻看到華戎舟彷彿沒有知覺般毫無反應，心頭說不清是什麼滋味。

他若無其事地恢復了上藥的動作，嘴上故作輕鬆地說：「就算你自己不介意，難道不怕日後這身傷疤嚇到心儀的姑娘？」

陰影裡的華戎舟突然轉過頭，一張俊美的容顏頓時暴露在燭火下，饒是他見過十幾次，此時心頭也忍不住顫了顫。

此人怎麼生得這般好看？

那張一向驚豔卻又無感情波動的臉，此時卻滿是疑慮地問：「會嚇到人嗎？」

吳塘心頭好笑，此時才感覺眼前這個少年有了些人氣。聽起來這個人的聲音也不難聽，怎麼先前來的時候都一言不發呢？

「當然會了，你想想，哪個小姑娘看到這……些傷疤，不會被嚇一跳？」

「她……可不是一般的姑娘。」

一句低聲的喃喃響起來，聲音太小，吳塘下意識反問：「什麼？」

華戎舟沒有回答，只是突然堅定地說：「我要去傷疤的藥。」

即便知道她定不會被傷疤嚇到，他也不敢再用自己的身體去搏同情了。

見他上了鉤，吳塘手上動作未停——擦血、上藥、包紮，然後緩緩開口：「這世上哪有能不留一絲痕跡的藥膏呢？都說治病要治本，你還是少招惹麻煩比較好。即便是不小心得罪了哪位貴人被報復，能躲還是躲著點吧，活著比什麼都強。」

過了許久，才聽到華戎舟突然開口：「你的徒弟……跟了你多久？」

吳塘一愣，似是沒想到對方會問起他的徒弟。

「他是我老家親戚的孩子，因家裡窮，父母就讓他自小跟著我學個手藝，今年才滿十六歲，還是毛手毛腳的年紀。」

吳塘說起自己的徒弟，嘴就停不下來：「前幾日給病人包錯了藥，還好不是什麼大病，我只罰他一天不許吃飯，他還委屈得不行。這孩子平時也喜歡頂嘴，按輩分他該叫我師父，按關係他也該叫我叔。可是平時也只有惹了禍、害怕的時候，他才會乖乖喚我一聲『師父』……」

十六歲啊……多好的年紀。雖聽吳塘言語中多是埋怨，可是語氣格外慈愛。

吳塘說了許久後，才發現自己的「病人」問了一句就再也沒說話，於是也略微尷尬地閉了嘴。

半炷香的工夫才將華戎舟渾身上下的傷口包紮好，吳塘看了看外面，天還沒有亮。

於是他轉身走向桌子，從藥匣子裡拿出紙和筆，邊寫邊說：「你的外傷我是包紮好了，但是我方才發現你脈絡格外紊亂，雖然你年輕，身體底子好，但也不能一直這樣折騰，我給你寫個方子調理一下……」

就著燭火寫完後，吳塘轉身，卻發現屋子裡只剩他一人，剛才那人坐的地方空蕩蕩的，多了一錠銀子。

吳塘搖著頭收拾了藥箱，才拿著燭火向外走去，嘴裡感嘆：「每次都是一錠銀子，真是敗家啊……」

這種外傷藥哪裡用得了這麼多銀錢？

吳塘躡手躡腳地回了屋子，還是吵醒了小藥童，他懵懵懂懂地從自己的床上坐起來問：「他……走了？」

吳塘一邊脫鞋一邊說：「嗯，走了。」

「老頭……」小藥童下了床湊到吳塘床前，壓低聲音開口：「你說這人到底是什麼來頭呀？每個月的這兩日都是一身傷過來，這都連著一年多了……要不，我們還是報官吧？說不定他是什麼惡霸，別給我們招來麻煩……」

吳塘聽到此話，重重地拍了一下徒弟的腦袋說：「說了多少遍，要叫我師父。」

看小藥童撇撇嘴不在意的模樣，吳塘只得作罷，說道：「不要整天胡思亂想，睡你的吧。」

說罷，就不理會小藥童的疑問，自己翻身躺下。

報官？

躺在床上的吳塘勾了勾嘴角，還會有官比……宮裡頭的那位權力更大嗎？第一次送他的「病人」來的那個侍衛模樣的人，穿的可是宮裡頭才有的服飾。

吳塘有個哥哥在太醫院，所以他對皇宮裡面的事情也算是知道不少，這層關係，可能才是當初宮裡那位選擇把「病人」丟到他醫館的原因吧。

皇室的隱祕，向來只多不少。就比如一年前那個自焚在皇宮裡的前華相之女，恐怕也不是因簡簡單單的「替父贖罪」四個字而死。

知道得越少，活得越久，這是吳塘在太醫院當官的哥哥告訴他的，所以他的醫館才被選擇，因為他知道什麼不該問，什麼不該說。

只是今日卻破了戒……那個每月都會丟掉半條命的求醫之人……著實讓人心生

不忍。

看著另一張床上翻來覆去睡不安生的小藥童，吳塘突然明白了方才那位「病人」為何突然問起自己小徒弟的事。那人看著比自己家的小藥童大個三、四歲，可是他們兩個卻過著兩種截然不同的人生。

他如今過得那般苦，定是因為身邊沒有一個願意護著他的人吧。想到這裡，吳塘忽然感覺心底生出幾絲寒意。

所以，一個在連著一年多的時間裡，每個月都被打得傷痕累累跑來求醫的人，究竟是被皇室奪走了什麼，才會這般執拗？

2　成長篇　中

皇城裡的生活還是一切如舊，一個華相倒臺了，並沒有給百姓的生活帶來絲毫影響，只是多了不少茶餘飯後的談資。

這個世界如此之大，你永遠不知道方才與你擦肩而過的那個人，心裡有過怎樣毀天滅地的傷痛。

「華戎舟。」

一道女聲平空響起，並未引起多少人的注意。華戎舟緩緩回過頭，看到一家脂粉鋪子裡面匆匆忙忙跑出來一個身影。

再一看那個鋪子，正是曾經華淺和他從街頭走到街尾為千芷挑的那一家陪嫁鋪子，喊住他的人也正是千芷。

只見千芷一身素衣，溫和大方，再沒有之前張牙舞爪的模樣。她跑到華戎舟面前才站定，緩了口氣說：「方才瞧見你，還以為是認錯了人，還好我這張嘴比腦子還快地叫住了你。」

「妳……怎麼會在這裡？」華戎舟眼眸閃了閃問道。

千芷愣了一下才反應過來，開口解釋：「我的賣身契……小姐一早就同這家鋪子一起給了我，那日的宮宴……小姐執意不願帶我，後來官兵闖進華府，我才明白過來……華府獲罪，我這個自由身的平民……自是不受牽連……」

應是提起了那個名字，兩個人不約而同地沉默了下來。在人聲鼎沸的街道上，兩個人就這樣默默相對而立。

因華戎舟的容貌，看向他們的人越來越多，千芷又開口：「要不去鋪子裡坐坐吧，這裡人太多……」

「不必了。」華戎舟垂了頭。「我還有事，先走了。」

那模樣似是面對陌生人一般疏離，千芷也並未因他的拒絕而意外。畢竟一直以來，華戎舟在她們這些人面前都是沉默寡言到近乎冷漠，只有在……華淺面前，他才顯得溫順。

當初華戎舟剛進王府的院子，有哪個小丫鬟沒有動過心呢？只是到最後還是被他的態度嚇退。

那時候千芷總是和翠竹過不去，就是因為看不慣翠竹總是用熱臉去貼別人的冷屁股。

想到這裡，千芷對著華戎舟要離開的身影說：「翠竹兩個月前成親了，是她家裡人安排的，對方是個樸實的農夫小夥子，對她也是一心一意的好。當初小姐把她趕出華府，沒想到正好讓她躲過一劫，終究是一起生活了那麼多年，我們還是偶爾有聯繫……」

絮絮叨叨說了半天，只見華戎舟彷彿沒有聽到一樣越走越遠，千芷遲疑了一下，追了幾步開口：「華戎舟……有些事情，過去了就讓它過去吧，你總得向前看，小姐……之前就最看重你，如今你有這一身武藝，總不能就這樣平白糟踐……」

話音剛落，就看到華戎舟停了下來，他轉身對上千芷的眼睛。「妳知道我這一身武藝是為何而學嗎？」

為的是護住想護之人，而不是無數次面對刀劍，都被別人一掌隔開，然後眼睜睜看著刀鋒對著她，自己咬碎了牙卻無能為力。

千芷張了張嘴，卻說不出話來。

之前她雖看不過去翠竹的討好嘴臉，卻不曾抱怨過華戎舟對她們太過冷漠，因為她知道，華戎舟雖然對她們不假辭色，但他對小姐是真心好。那種好是不摻私心的，是可以不論黑白只看華淺一人。

所以隱約從南風口裡聽到了些風聲後，今日又難得遇見，她才忍不住開口提醒，人都得向前看，不是嗎？

「妳對我說要向前看，那妳呢，妳做到了嗎？」華戎舟開口，言語瞬間刺紅了千芷的眼眶。

千芷握緊了拳頭才不至於讓眼淚落下來。「我的小姐是這世間最堅強的人，我甚至還見過她當面斥責皇帝，我自是不信她會自焚。可是……可是我就算自欺欺人，也無法否認，那日……她定是抱著不能回來的決心，才會給我們所有人都安排好了退路……」

千芷的一番話，無疑勾起了華戎舟最疼的記憶，一段因他逞一時意氣而至今都在承擔後果的回憶。

他深吸了一口氣，對著一個方向開口，語氣已經不復初見時的平靜：「妳既然相信她已……那何必還苦守著這家鋪子，假裝看不到五尺之外那個虎視眈眈的人？」

順著華戎舟的目光望去，不遠處的街角有一道身影，一直對著他們這個方向，似是站了很久。

千芷僵硬著身子一動未動，即便不去看，她也知道那是南風。她知道他在，一直都在，一年來一直如此。

人總是喜歡自欺欺人，即使自己明明曉得，一個弱女子逃出重重宮闕是不可能的事情，可心底還是留著念想，等待著。

「我現在只想守著她的鋪子，萬一……萬一她看到沒人在等她，肯定會以為大家都忘了她，那她……肯定會難過的。」千芷勉強擠出一抹笑，卻覺得自己說的話牽強得很。

若是真的相信她已死，那現在等的又是誰？

華戎舟並未質疑她的前言不搭後語，只是後退一步開口：「當初她說這家鋪子給妳，妳若真心怕她難過，那就按她的說法，去找妳自己的幸福，她……不需要人等。」

千芷聽到這句話一愣，沒想到向來眼裡只有一個人的華戎舟，如今竟然也會開解別人了。

「那你現在要去哪裡？」千芷最後又追問了一句。

「妳選擇等她，而我是去找她。」

通常來說，大部分的等待都是無用的。

千芷的手不由自主地發抖，說不清是因為什麼。

最終她努力轉過身，看向了那個一直守在不遠處的人，然後一步一步向他走過去。

千芷清晰地看到隨著她一步步走近，南風的眼裡漸漸溢出狂喜。

她向來都知道要去珍惜眼前人，只是不知道那個曾經說……若日後自己受了欺負定會殺回來給自己撐腰的人，說話還算數嗎？

四月初五，三更天。

一聲暴喝響起，兩道纏鬥的人影突然分開，一站一臥。

林江從暗處走出，扶起方才跌倒的陳淵，看向雖站著卻明顯搖晃不定的華戎舟，說道：「自己回去吧，擊敗陳淵已經差不多用了你的全力，我不想等下又要我們送你出宮去醫館。」

華戎舟握著劍柄的手緊了緊，沉默地站著。

只聽林江的聲音又傳來：「下個月再來，你同我對戰，今日就省些氣力回去將養著。」

華戎舟終於收回了劍，一言不發地離開，身影不穩，步伐倒是不亂。

半晌後，陳淵調理好自己的氣息，狠狠朝著華戎舟離開的方向啐了口血：「那究竟是個什麼玩意兒？」

林江看著憤憤不平的陳淵，面無表情地說：「你敗得不虧。」

陳淵皺眉看著林江，只聽林江又說道：「方才你應該也察覺到了，此次對決，那……小子分明綁手綁腳了許多，很多時候寧可硬接你一掌，也不願碰到你的劍，瞻前顧後的狀態下還能贏過你……」

陳淵的臉色越發鐵青，應是被氣極，髒話都出來了：「老子就應該在他第一次來的時候宰了他，打架還娘兒們唧唧地怕留傷口，看著我就來氣……」

林江看著陳淵好一頓撒潑後，才又開口：「敗了就是敗了，何必在我這裡逞口舌之快？休息好了就進去覆命。」

陳淵看了看身後寂靜到彷彿無人的御書房，終究還是閉了嘴，咬牙起身向裡面走去。

出宮後，華戎舟還是朝著醫館的方向去，這次吳塘竟然早就在房間裡等他。看到華戎舟沒有鮮血淋漓地走進來，吳塘倒是吃了一驚。

粗略檢查了一下，確實沒有外傷，但是肋骨好像斷了一根，肩胛骨也呈現出一個不正常的弧度。

一時之間，吳塘倒不知道是該慶幸還是該無奈。

今日的華戎舟心情好像格外好，竟然史無前例地先開口說話了：「今晚的月色真亮。」

吳塘正骨的動作一頓，轉頭就透過窗戶看到銀色的月光照得外面宛如白晝。

本來想提醒華戎舟接下來的動作可能會很疼，但看到華戎舟望著月色的眼眸格外明亮，吳塘把話嚥了回去。

算了，這個人可能根本就不知道疼痛，自己何必多此一舉提醒？

正完骨後吳塘累得滿頭大汗，只見華戎舟除了面色蒼白了些，這一過程中竟然連眉頭都不曾皺過一次。

吳塘在心裡也嘖嘖稱奇，這世間真的存在沒有痛覺的人嗎？

下一刻眼前一花，屋裡就又剩吳塘一個人了，他默默地把凳子上的銀兩揣進懷裡。

嗯，沒事，反正這也不是他的這位「病人」第一次不告而別，他早就習慣了。

3 成長篇　下

今晚的月色真亮，亮得就像是在崖底找到華淺那晚的月亮。

那時候他背著她，如同背著自己的整個世界。腰間的傷口有血液滲出，可是抵不過心頭的明亮。

那算是第二次背她，第一次是背著她下摘星樓，華戎舟第一次感覺二十層的樓梯也不算太長。

第二次就是在崖底找她，慶幸華淺的眼睛不好，再加上華戎舟一身黑衣，因此只要他不開口，華淺便不知道他腰間剛剛被伍朔漠劃破了個傷口。

傷口不深，當時的華戎舟也捨不得說起此事。他對自己身上的傷勢毫不在意，只知道華淺的腳踝受了傷行走不便。

只是……華淺在趴在他背上睡著前告訴他——「姊姊我可不喜歡年紀比我小的」。

一個女人可以毫無戒心地在一個男人面前睡去，要不就是心裡有他並且相信他，要不就是不曾把他當作男人看待。

華戎舟覺得自己應該是第二種。

無人知道華戎舟聽到那句話時心裡的感受，也無人知道那一晚，他是如何忍著淌血的傷口，帶著怎樣絕望的心情，將安心睡去的華淺一步步從崖底背到了華府。

這世間有千百種不喜歡一個人的理由，可唯獨年齡這一個，是他無論如何努力都改變不了的。

可是，那又怎樣？看著因兄長之死第一次在人前哭出來的華淺，華戎舟覺得，算了吧。

管他什麼年齡，只有她需要，自己就會在。

只是那時候的華戎舟並不知道什麼叫真正的需要，不是一意孤行地賴在她身邊不走，就叫守護。

夜色裡，華戎舟向著一個方向，不停地前進，今日打敗了陳淵，終於離她又近了一步。只是等他又一次趕到那個崖底，月亮卻已經沒了蹤跡。遠處的天空，初日正在一點點破開混沌的雲霧，卻無法照亮華戎舟心底的那個角落。

又來晚了。

出生到這個世界的時間晚了一年。

逃脫伍朔漠的控制，從小鎮趕回京城也晚了。

如今只是懷念這一抹回憶裡的月色，也終究是來晚了。

也不知道未來究竟還要遲到多少次，才趕得上……

雖然沒了月亮，但是也湊合著歇息一下吧。

華戎舟側身躺在一塊巨石上面，重重地吐了一口氣，才感覺胸口沒那麼壓抑。

這一年多以來，除了習武對戰，他從未放棄尋找華淺，只是皇室想藏下一個人太容易了，他幾乎把這偌大的皇城翻了個遍，也無華淺的蹤跡，所以現在就只有一條路——進御書房。

而華戎舟從來都沒有想過會有……華淺已經不在了的可能，因為他現在還想活下去的唯一理由，就是要找到她。

臘月初五，御書房外。

林江被華戎舟逼得步步後退，眼見就要被擊敗，卻斜插進來一把劍。華戎舟倉促抽劍轉身，只見陳淵和林江並肩而立，擋在房門前。

「你什麼意思？」華戎舟皺眉咬著牙問。

陳淵倒是絲毫不為自己的偷襲感到羞愧，意氣風發地說：「主子說你要想進御書房，先要打敗他身邊之人，可從未說過是單挑。」

握劍的骨節在隱隱作響，如同一個瀕死的人眼看就要抓住活下去的希望，這時卻突然有人將這個希望放到了更高、更遠的地方。

林江好歹還有些自尊心，做不出來陳淵那副得意洋洋的模樣，只是悶聲繼續出招。

這一次華戎舟傷得極重，又是陳淵把他送到了醫館。

出了醫館，看到外面的林江，陳淵勾了勾嘴角說道：「下個月我們應該能歇一歇了，看那小子的模樣，估計這一月半月是好不了。」

林江不置可否：「要不要打賭？下個月他肯定還會來。」

陳淵瞪大了眼睛說道：「怎麼可能？他又不是怪物……」

話說到一半，陳淵也閉嘴了。

不是怪物嗎？

若不是怪物，又怎麼會在兩年的時間裡從一個普通的侍衛，成為現在連林江都險些抵不過的高手？

「我們的職責只是保護皇上，而那小子……」林江頓了頓才說：「他的人生恐怕現在只有一個目的，就是要殺了……確切地說，應該是打敗我們……」

這世間不可能有人能把所有心思只放到一件事上，若是做到了，那便是真的無人能敵。

可能是他們老了吧，才會被後浪拍在沙灘上。陳淵這樣安慰著自己，順手勾住了林江的肩膀，開口：「你說這小子，按道理是不是該叫咱們一聲師父啊？好歹也是在我們手裡一點點練出來的……」

林江嫌棄地看著湊過來的陳淵，滿臉都是「你還有臉提此事」的表情。

被丟在醫館後，華戎舟好像作了一個很長的夢。

在夢裡，他看到仲夜闌的劍鋒離華淺只有一個手掌的距離，而他目眥欲裂、用盡全力，卻還是伏在地上動彈不得。

他還看到華淺被瓷器割傷的手掌鮮血淋漓，他不顧自己的傷勢拚了命去大夫那邊尋了一瓶金創藥，回來後卻在門口看到仲溪午正小心翼翼地給華淺包紮上藥。

他還看到夜晚的街道上，他拉住華淺險些被人撞到的手臂，而下一秒華淺的目光就一如既往地越過他，同時人也習慣性地掙開了他的手，向遠處燈籠下的仲溪午走去，而他還是只有鬆開手看著的資格。

還有很多場面……睜開了眼睛後，華戎舟漸漸反應過來，方才的不是夢，而是真實的回憶。

真實到彷彿就發生在昨天，他還是那個一心一意想待在華淺身邊，卻總是被忽視的小侍衛。

他曾經不只一次地後悔過，為何那麼早遇上華淺，偏偏是在他最狼狽不堪、最無能為力的時候，遇到了最想去守護的那個人。

可是，若不是一開始就遇到了華淺，又哪裡會有現在的華戎舟？

如果沒有遇見華淺，過去的那個華戎舟可能早被人打死了，也可能是被餓死，更有可能是因為對人生無半點留戀而自我了斷。

從來都沒有夢到過華淺，這次卻一次性回憶了個完整，是自己太急於求成了吧，所以才失了心神，一時之間無法接受希望落空。

華戎舟運了運氣才緩緩坐起，這還是自己的報應，曾經任性妄為、一意孤行的報應，如今只是罪還沒有贖完罷了。

惱怒歸惱怒，要讓他就此放棄也是不可能的事情。總也不差這一、兩天，打敗兩個就打敗兩個吧，最難的都熬過來了，現在還怕什麼！

他只要想到華淺有可能在某個角落裡獨自一人等著，就覺得眼前的所有都不是做不到的事情。

吳塘走進來時就看到華戎舟努力坐起來的模樣，他趕緊走近了些，把手裡的藥遞了過去，開口：「之前還以為你長記性了，怎麼昨天又落了一身傷？還比以往都嚴重……」

語氣裡是非常熟絡的埋怨，畢竟他們也算是一月一見的「老熟人」了。

華戎舟一口喝完了藥，眼角餘光看到門口探頭探腦的小藥童。這兩年來，小藥童也沒那麼害怕華戎舟了。只見他此時臉上滿是嫉妒與不滿，畢竟他可從來沒有見自己師父對病人這麼關心親近過。

華戎舟擱下藥碗開口：「是我太著急，才給了別人可乘之機。」

習慣了華戎舟的沉默，見他突然回答了自己的話，吳塘一時之間倒不知道該接什麼。

看到華戎舟撐著床榻努力想要站起身的模樣，吳塘趕緊阻止他：「方才不是說了你這次傷勢頗重嗎？不好好養著還想去哪裡？」

華戎舟不理會他的阻攔，一點點站起來向外走去，步伐緩慢而有力。「習武，報仇。」一開始不說是群架，玩偷襲這一招，那就得做好隨時被報復回去的準備。

時光匆匆又過了半年，送走了最後一位病人，吳塘才反應過來今天是初五，趕緊吩咐小徒弟去落鎖，然後自己收拾了一大堆藥品，在小房間裡點上一盞燭火候著。

只是這次，吳塘等了一個通宵，也不見有人前來。

初六，吳塘又腫著眼睛等了一晚上，還是不見人影。

初七也是……

小徒弟終歸是看不下去了，對著白日裡因睡眠不足而恍恍惚惚的吳塘說道：「老頭，人家都不來了，你幹麼還眼巴巴等著呢？」

吳塘這才反應過來，那個人是真的不會來了。

這樣也好，畢竟每月一次的傷痕累累，他還只是一個剛長大的孩子，誰見了不心疼呢？

哪裡會有人沒有痛覺？不怕疼，只是因為疼習慣了而已。

吳塘笑了笑，心裡像是有塊石頭落了地。「也好，不來了也好，不來了就證明……他終於得到他想要的了。」

看著自家師父一臉的欣慰，小徒弟心裡格外窩火，不過是個每個月來看病的病人罷了，憑什麼分走了這老頭那麼多的注意力，就是因為長得好看嗎？

想到那人那張一見難忘的臉，小徒弟怒從心頭起，說道：「哪有那麼容易的事，說不定是他死了才來不了……」

接下來，還在醫館裡的人就免費欣賞了一場師徒大戰……哦不，應該是徒弟單方面被毆的好戲。

洗鉛華

第二十一章

仲夜闌番外篇

仲夜闌覺得自己不是華淺的良人，從成婚以後就有這種感覺。可他無法開口，因為他們的婚禮是他一時糊塗犯下的錯，所以他必須負責。

皇宮裡，剛走到宮門口的仲夜闌迎面碰上了一身便服的仲溪午。「皇兄，你的晉王妃，如今可真是越來越聰明了。」

仲夜闌皺了皺眉，看著仲溪午的打扮問：「皇上這是又出去微服私訪了？方才母后還在問你。」

「我若是不喬裝改扮出去，怎麼會碰見如此有趣的場面？」

仲溪午絲毫沒有被捉到偷偷出宮的窘迫，反而坦坦蕩蕩地承認。迎著仲夜闌越皺越深的眉頭，他笑而不語，側頭示意林江上前說明。

華淺要綁了華深見官？

這怎麼可能？以往無論華深如何胡鬧，她不都是只會袒護說情嗎？

這是仲夜闌之前唯一不太滿意華淺的地方，不過華淺從小性子就善良、心軟，倒是也可以理解。

只是如今怎麼……變化如此之大？仲溪午調侃的目光，似乎能看透此時自己心裡的意外之感，仲夜闌心裡莫名地有些不自在，於是，他匆匆敷衍幾句便開口告辭，逕直回了晉王府。

踏進華淺的院子，仲夜闌這才意識到，成婚這幾個月以來，他幾乎從未主動來過這裡，偶爾一、兩次也是為了府上的一些中饋之事，總是交代幾句就離開了。

華淺不曾提，而他忙於處理牧遙的安置問題，竟然忽視了自己新進門的妻子這麼久，那為何華淺她……不提呢？

這一次仲夜闌多了幾分心思，不再像從前一樣，說上幾句話就轉身離開，而是認真地看起了面前的華淺。

一觀察才發現，如今的華淺雖同之前一樣溫和，卻守禮中帶著些疏離。

想來她一個金枝玉葉的相府千金，嫁入晉王府後卻備受冷落，難免傷心失落，她卻隻字不提。

仲夜闌心頭升起淡淡的愧疚感，彷彿是想說服自己。他格外認真地開口：「我們既然已經成了親，我就該對妳負責，之前是我……之錯，成親以後對妳諸多冷落，往後我會好好對妳。」

只是這番話似乎驚到了她，正在喝水的她嗆得滿臉通紅。

仲夜闌覺得好笑，抬手想幫她順氣，卻見她轉身去拿丫鬟手裡的手帕，正好躲過了他探過去的手。

「我要的可不是你不會負我，王爺不妨給自己一些時間想想清楚，不然貿然做決定可能對……所有人都不公平。」

對上華淺明亮的眼眸，仲夜闌下意識地閃躲，不敢直視，因為他覺得自己的滿腹心思，在華淺面前好像無處可匿，彷彿她一直都知道……牧遙對於他的特殊意義。

仲夜闌心裡由此更覺得愧疚，若是她一直都知道卻從未主動提及，那這幾個月裡，她的心裡該有多失望啊。

於是閒暇之餘他開始主動去尋華淺，像是想彌補自己心裡那深厚的愧疚感，然而華淺卻總是刻意避開她，用的把戲還拙劣而刻意。

一個被冷落了幾個月的人，有點小脾氣也是應當的，仲夜闌在頭痛之餘還有些慶幸，若是華淺輕易便接受了他的示好，他還真不知道自己是否能把華淺當成妻子來對待。

未等仲夜闌想明白，就迎來了華淺自成親以來第一次的主動親近——雖然只是拉了他的袖子，彷彿帶著小心翼翼的試探，仲夜闌仍是毫不遲疑地回握住了她的手。

終究華淺已經是他晉王府的人，護著她是理所應當的。

與此同時，仲夜闌也注意到華淺似乎有很多心事，她總是寧可自己忐忑不安，也要把所有人都隔離開，讓人感覺抓不住她。

即便仲夜闌忍不住主動開口詢問，華淺也不願開口，以往並沒有見過她如此憂鬱，似乎是成婚以後才如此的……

是自己一直以來徘徊不定、心思不明，才讓她沒安全感嗎？

仲夜闌心頭的愧疚越來越盛，開口說道：「阿淺，我們成親以後，妳似乎有很多心事，妳不願說，我不逼妳。妳只要知道有我在，我定會護著妳。」

這句話也是他對自己說的，本就是他醉酒才犯下的錯，無論自己真正的心思如何，他都應該好好護著她的。

從皇宮回到晉王府，華淺就病倒了，仲夜闌瞧見她病得臉色蒼白，自己卻不知該如何去勸慰，只得託人去華府將她母親請來。畢竟生了病的人，最想見的應該就是自己的家人。

相安無事地過了一段時間，華淺從未主動邀過寵，仲夜闌也就繼續自欺欺人地假裝不知。生辰那日，他一如既往地早起，正欲出門上朝，卻聽南風通報華淺的大丫鬟千芷求見。

想著華淺無事不會主動派人尋他，他停留了片刻，只見那個丫鬟規規矩矩地行了一禮，眼裡是掩飾不住的期待，對他說：「王妃讓奴婢來給王爺傳個信，今日忙完宮裡的事，還請王爺早些回來，王妃備下了宴席給王爺慶生。」

因為生辰這個特殊日子，仲夜闌下意識地想開口拒絕，只是想到華淺難得主動想給自己做些事，他還是把到嘴邊的「不必了」給嚥了回去，只是回了句：「我知道了。」

丫鬟歡天喜地地離開了。仲夜闌看了看一邊低著頭的牧遙，心頭有些許煩悶，終究還是什麼都沒說，大步走了出去。

上完朝被仲溪午留下商討國事，眼看著天色不早，仲夜闌幾經猶豫還是開口打斷了仲溪午的長篇大論：「皇上，今日我府上還有事，關於邊防之事，咱們改日再談吧。」

看到仲溪午有些不滿地皺眉，仲夜闌便開口解釋：「是阿淺，她難得備下了宴席，說是讓我今日早些回去。」

仲夜闌感覺這一番話說出來後，自己都有點不好意思了，尤其是看到仲溪午聽完後明顯呆愣了片刻，似乎很是意外。

片刻後卻聽到仲溪午開口：「能讓皇兄這般惦記，我倒是想去瞧瞧了。」

仲夜闌並未拒絕，便直接領了仲溪午出宮。

宴席上看到華淺竟然推出了牧遙進行演奏，仲夜闌忍不住偷偷看了幾眼她的表情，卻瞧見華淺真的毫無半點嫉妒之意。

難不成她想給自己納妾？

這個想法嚇了他一大跳，仲夜闌心頭說不清是什麼滋味，有一點排斥，卻又有一點期待。

華淺不介意他身邊有別人嗎？那他是不是可以不用兩難了？牧遙是不是可以……

仲夜闌趕緊打消了這個想法，牧遙的性子他是瞭解的。寧為寒門妻，不做豪門妾，她是不會願意屈居人下的。

他正在胡思亂想之際，又發現仲溪午似乎是和華淺格外過不去，想起華相在前朝的種種劣跡，倒也不難理解。正當仲夜闌想開口幫華淺說上兩句時，卻看到華淺一溜煙地跑走。

等她回來時，雙手捧了個瓷碗，裡面裝著熱騰騰的長壽麵，當她在仲夜闌面前放下瓷碗時，仲夜闌看到華淺本來潔白如玉的手掌已經被燙得嫣紅。

向來十指不沾陽春水，平日只愛吟詩撫琴的華淺，竟然會為了他，去後廚那等髒亂不堪的地方。仲夜闌只覺得自己方才還想著要……的心思，真是格外不堪。

為了掩飾，他把那一碗麵吃得乾乾淨淨，彷彿這樣就能讓方才的小心思消失個乾淨。

飯後仲溪午又拉著他說起了在宮裡未說完的邊防話題，說到興起，仲夜闌起身要去書房裡拿邊防圖，看到一旁的華淺一副走神的模樣，仲夜闌倒是不曾開口叫她。

反正這裡還有很多下人，倒也無事。拿到邊防圖從書房出來，他看到牧遙在外面候著，一臉心思不定。

仲夜闌猶豫了片刻還是開口說：「收起妳的那些小心思，別以為皇上在這裡，妳就能做什麼。」

只見牧遙抬起頭，露出一抹滿是嘲諷的笑。「你想多了，如今的我能做什麼？連你都不願信我，我又怎麼敢奢求僅見過一次的皇上信我？」

握著城防圖的手緊了緊，仲夜闌開口：「華淺絕對不會如同妳說的那樣。」

牧遙嗤笑一聲：「是，你的華淺柔弱純良、不諳世事，她不曾設計我，更不曾誣陷我牧氏一族謀反。可是仲夜闌，你覺得我是那種隨便攀咬的人嗎？」

仲夜闌大步一邁，越過牧遙，有點不敢再看她的表情，嘴上說著：「和妳說過多少遍了，以後這些話我不想再聽到。」

「放心，這些話是我最後一次說，只是仲夜闌，你自己的心你看不清楚嗎？若華淺真的像你以為的那般善良，那明知這樣會傷害到她，你為何還要冒著那麼大的風險收留我？」

身後牧遙的聲音顯得飄忽不定，仲夜闌忍不住回頭，只看到她站在書房的燈籠下，整個人都顯得模糊起來。

最終仲夜闌還是倉皇而逃，不敢多言，因為他救下牧遙的心思，他自己其實很清楚，只是不敢承認，如今娶了華淺，更是不能承認。

他第一次發現，原來自己是如此優柔寡斷的一個人，一直逃避這個問題，因為他難以抉擇。

一面是放不下的責任，一面是藏不住的真心。

剛回到亭子附近，他就聽到華淺清脆的聲音傳來：「我雖依然愛王爺，卻不像以前只想把他據為己有。也是因為太過愛他，我才明白，只要他開心，我什麼都可以。」

全身的血液彷彿一瞬間沖到頭頂，仲夜闌僵硬得一動也不敢動。

他從來不知華淺的這個心思。當華淺看到他後掩面跑走時，仲夜闌反而鬆了口氣，因為他不知道聽了這一番話後，自己又該如何去面對華淺。

亭子裡的仲溪午仍舊是坐著的，仲夜闌恍惚間從他眼裡看到了點點涼意，認真看過去，卻只看到滿眼的揶揄。

仲溪午緩緩展開手裡的摺扇，在手指間反覆翻轉。「皇兄的風采，向來都讓我等望塵莫及。」

無暇顧及仲溪午的調侃，仲夜闌匆匆送走了他，回過頭便看到牧遙站在房簷下，看起來離他格外遙遠。

若是華淺沒那麼喜歡自己該有多好。

明知這個想法不可取，此時的仲夜闌還是忍不住地想。最終他自嘲地搖了搖頭，人家姑娘已經把一輩子的清譽都託付到了自己身上，自己又怎麼能生出這樣的想法？

最終仲夜闌抬步往另一個方向走去，他會好好對待華淺，護她一世安穩，即便是沒辦法給她想要的情義。

而牧遙……是時候送她離開了，不然日日相對，仲夜闌害怕自己無法再做到無動於衷。

怪只怪他和牧遙相遇的時間太晚，此生他身邊已有一佳人，和她終究是無緣。

暗中託人幫牧遙被流放的家人安排未來的生活起居，仲夜闌不再日日同牧遙相對，而是主動去華淺院裡，雖然被她擋在院外，但仲夜闌不介意。

若是要斷，那就斷得徹底，不能再給他和牧遙之間留任何餘地。

這些想法都在仲夜闌心裡，不曾外露。他想，等安排好牧遙和她家人的後路，就徹底送牧遙離開吧，同時也徹底斷了自己心裡的雜念。

不料祭祖典禮上突然發生混亂，當時他還是下意識地擋在牧遙身前，他自欺欺人地想，他要送牧遙離開，就萬萬不能讓她在此時出事。

揮劍期間，他突然聽到華淺大喊一聲：「放著我來！」

來不及回頭，就被一個柔軟的身體抱住，還好仲夜闌早有防備，不然會被她撲得一個趔趄。

當仲夜闌皺眉轉頭時，看到的卻是華淺那張無半點血色的臉，還有她胸口那個血流不止的傷口。

身子比腦子更快地反應過來，單手攬住華淺往後倒的身子，仲夜闌只覺得耳朵旁邊全是「怦怦」的心跳聲，震得頭腦發懵。

「妳……」

話未說出口，就看到華淺頭一歪，閉眼昏了過去。

「南風！」

隨著自己的一聲咆哮，南風很有默契地在人群中開出了一條道路；仲夜闌把佩劍丟給其他侍衛，雙手抱起華淺就向外衝。

只是離開之際，他終究忍不住低聲對南風吩咐了一句：「牧遙……交給你了。」

院子裡，仲夜闌走來走去，胸口方才抱華淺時被染上的血跡已經半乾。

他透過眼角餘光看到丫鬟端出來一盆盆血水，還有那換下來的、被血浸透的衣裳。

仲夜闌的手不由自主地有點抖，方才抱華淺回來的路上，他聽到她意識不清地喃喃著：「痛……好痛……」

若是那樣怕痛，那究竟是多大的勇氣，才迫使她擋在自己面前？

仲夜闌無法切身體會華淺此時的感受，他只是心口發緊，為自己一直以來對她的忽視，還有在她和牧遙之間的反覆猶疑。

「只要她能醒來，那此生我身邊有她一人足矣。」仲夜闌心裡暗暗對自己發誓。

華淺的傷處理完畢後已經過了兩刻鐘，仲夜闌坐在床邊，看著華淺格外蒼白的臉，耳邊響起大夫的聲音：「回王爺，王妃的傷口已經包紮完畢，只是此次的傷實在是離心脈太近，再有分毫偏差，即便是華佗再世，恐怕也回天乏術。」

讓下人送走了大夫，仲夜闌就一直坐在華淺床前。這一刻，他才徹底把眼前的這個人看作自己的妻子，而不再是名義上的「晉王妃」。

當仲夜闌看到華淺房間裡單調的裝飾後，他張嘴就想喚下人進來，把自己書房裡的衣物用品全部搬到華淺的院子裡。只是想了想，怕驚擾到昏睡中的她，他才生生地忍了下去，還是等她醒來後再說吧。

日後他不會再獨居他處而冷落華淺，這個為他擋箭的人，是他曾八抬大轎、十里紅妝娶回來的妻。

華淺昏睡的這段時間，仲夜闌幾乎從未出過院子，只是守著她。所以聽到華淺醒來的聲音後，他才能第一時間走進來。「阿淺，妳終於醒了。」

他有很多話想對她說，比如我日後會真正好好待妳，比如我會處理好牧遙的事情，不再讓妳為難，比如我會努力忘記牧遙而只要妳……

可是他還來不及說，就聽到華淺費力地開口：「小時候在寺廟陪你守陵的那個女孩……不是我，而是牧遙。」

一連串的話打了仲夜闌一個措手不及，看著剛說幾句就又昏過去的華淺，仲夜闌上前的一步又生生止住。

她中箭後自己的愧疚，自己的心疼，自己想要好好對她的……這些心思，在她方才這一席話之下，彷彿變成了一個笑話。

仲夜闌本就心思靈敏，他一下子就反應過來，華淺為他擋箭並不是出於愛意，更多的是一種挾恩圖報的心思。

不然，明明未來還有很多時間、很多機會，可是她偏偏選擇在剛醒來就說這些話，目的性實在是太強，分明就是想讓他在重恩之下難追其咎。

長壽麵，月下告白，典禮擋箭……彷彿都帶上了其他色彩。

心頭的惱意竟然一瞬間大過了被欺騙的感覺，想起自己一直以來想要努力去認真對待她的自作多情，仲夜闌恨不得此時就搖醒這個昏過去的女人。

最終他只是大步向外，屋外的下人看他臉色不對，也不敢說半句。

他逕直走到牧遙的住處，看到牧遙一臉驚愕地看著他。「這個時候你怎麼會來這裡……」

「十三年前，皇陵裡的我遇到的那個小姑娘……是妳嗎？」仲夜闌抬手握住牧遙的手腕，語氣裡滿是焦急。

牧遙愣了半天才反應過來，苦笑一聲說：「我還以為這件事你早就忘了，只有我一個人還記著。」

得到了肯定的答案，仲夜闌反而鬆開了手。「那我給妳的玉珮呢？」

牧遙轉身去屋裡翻找片刻，便拿出了一個碧青色玉飾，仲夜闌一瞬間就認了出來，那是他母親的遺物，他自然清楚。

華淺究竟對他說了多少謊？除卻她今天承認的，還有多少？信任這種東西，破了一個角就會全盤崩塌。

「妳父親謀反一案，我幫妳查。」話音剛落，就看到牧遙震驚的雙眸。仲夜闌勾了勾嘴角，掩去滿腹的怒火。

接下來的幾天，仲夜闌都對華淺不聞不問，因為他也不知道該如何去面對她，更不想看見她因受傷而格外虛弱的臉龐，那只會讓他想起華淺對他的欺騙。

聽說仲溪午不打招呼就到了自己府上，還逕直去了華淺的院子，仲夜闌越發覺得不對勁，便派牧遙前去請人。

被請來的仲溪午一臉理所應當。「母后憂心華淺傷勢，便遣我帶太醫過來瞧瞧。」

仲夜闌壓下心頭的異樣，只覺得是自己想多了。畢竟一直以來，仲溪午都看華淺頗為不順眼。

仲溪午尋了把椅子坐下，倚在靠背上單手撐頭說：「方才聽晉王妃院子裡的丫鬟說，這幾日你對自己傷重的王妃，問都不曾問一句？」
「這是我的家事，皇上就不必掛念了。」仲夜闌硬邦邦地回覆。
半晌後才聽到仲溪午的聲音，帶著幾絲懶洋洋的愜意：「如此甚好。」

因為自己對華淺不加掩飾的突然冷落，惹得華府的人都上門說道，而仲夜闌幾句話便說得華夫人和華深灰頭土臉地離開。
他們養的女兒，他們又怎會不知道是什麼樣子的？
如此看來，果然是華府上下都在騙他，也就他傻才會乖乖地入套，越想越惱的仲夜闌半點都不想再看見華淺——
而她卻自己找上了門。
書房外，她清脆的聲音彷彿沒有一絲感情：「臣妾華氏，今日前來自請下堂。」
半點沒有被傷了心才要和離的絕望之情，她還真是無絲毫顧忌地演著戲啊。
一瞬間，仲夜闌想起華淺那日說的，他們之間清清白白，無夫妻之實。那他就不需要對華淺再抱著承擔責任的愧疚之心了，甚至想要順了華淺的心意，就這樣和離。
只是一個想法突然跑進腦子裡——會不會這一切都在華淺的謀劃下？先前的深

情款款和之後的捨命擋劍，是不是都是為了如今把所有真相揭開後，她可以順其自然地離開？

可若是不願嫁他，當初又何必下藥設計他？這實在是前後矛盾。

不過仲夜闌想清楚了一件事，那就是他之前想要華淺沒那麼喜歡自己的想法，全是在自作多情。

華淺先是宣稱對他情根深種，然後設計失身嫁給他，讓他以為是自己的錯，一直都心懷愧疚，最後她卻又主動坦白真相想要離開……

越想越氣的仲夜闌恨不得現在就出去，掐死那個在門外擲地有聲的華淺，枉他一世聰明，如今華淺這番作為簡直是把他當猴耍。

最後仲夜闌也沒有出書房，只是忍一時越想越氣，最後，大半夜睡不著的他，還是忍不住跑去了華淺的屋子裡。

他一進去就看到她在收拾東西，自己想得還真沒錯，她果然是準備跑路了。

油燈不小心熄滅了，仲夜闌這才發現黑暗之中的華淺竟然看不到絲毫東西，認識她這麼久，他竟是現在才知道這件事。

這個想法剛冒出來，仲夜闌更氣了，氣自己對她懷有愧疚之心都成習慣了。

惡狠狠奪過華淺手裡的燈點上，仲夜闌接下來欣賞了華淺異常拙劣的表演，口口聲聲對他情深義重，可是那雙眼睛裡並無半點情義。

也不知道自己以前是怎麼瞎的，這麼明顯的把戲都沒看出來。

「妳既然如此深情，那本王就成全妳，讓妳留下。」仲夜闌心裡暗諷，故意刺她。

果然看她臉色僵硬地開口拒絕，仲夜闌心裡倒是覺得有些痛快，然後轉身離開，還故意伸手撲滅了燭火。

接著他就在窗外聽到她咬牙切齒的偷罵：「仲夜闌，你個忘恩負義沒人性的東西！」

忘恩負義？也不知道他們倆是誰忘恩負義，自己之前的一番愧疚之心全都餵了狗。

第二天天剛亮，仲夜闌就吩咐南風去華淺那邊拿中饋印章，接下來的一段日子，他暗中吩咐府中之人，都當華淺不存在就好。

府裡倒是有些勢利眼的下人，暗中苛待華淺院子裡的人，所以她的院子一時間走得沒剩幾個僕從。知道南風私下裡偷偷去關照他們，仲夜闌也不在意，反正他只是想冷落華淺，並不是真想虐待她。

但當看到華淺頂著一張紅腫的臉回來時，仲夜闌還是忍不住主動過去問了一句：「誰打的？」

應該沒有下人這麼大膽吧？

只是這個不按套路出牌的華淺卻故意當著牧遙的面抱了他，仲夜闌也由此才發現自己的賭氣行為，等同於把牧遙置於了尷尬之地。

賭氣賭了這麼長時間，也差不多了，讓華淺走，眼不見心不煩，也好。

他轉身去追牧遙，正想開口解釋，卻看到牧遙掏出一封信說道：「我父親那邊已經查出了結果，牧氏一門謀反一案全是華相背後所為，只是相關人和證物已全被他們銷毀了。」

仲夜闌遲疑地接過信，看到了一行行字，大意就是追查之時，發現相關人士都無故失蹤，全被毀屍滅跡，但是在買凶殺人的背後，有華氏一族的人插手進來的痕跡。

仲夜闌此時已經信了大半，或許他一開始心底就是相信牧遙的，只是嘴上不承認。然而現在，他卻有些猶豫，覆巢之下安有完卵，那華淺她⋯⋯

「現在追查之線索已至窮途末路，此事本就困難重重，王爺若是心中不忍，不想追查下去，我亦不會強迫王爺。」牧遙像是能看透他的心思一樣，語氣格外平靜。

「不，既是冤案，那就要查個水落石出。」仲夜闌握緊了手裡的信，最終還是下了決定。

至於華淺……他會留她一命，權當還她之前為他擋了一箭的情分。

使臣進宮的晚宴上，牧遙和華淺的問題再一次被擺到了明面上，似乎所有人都在逼他做一個選擇。他自是會選牧遙，過了這麼久，他也沒那麼氣惱華淺之前的所作所為了，只是現在放手讓華淺離開，那日後他就沒有任何立場去護她。

成親這麼久，他知道華淺即便是有些小心思，也並不是什麼大奸大惡之人，而華府所行之事必定會株連一族，讓華淺在此時回華府，那她終究難得善終。

至於為什麼想要護下華淺，仲夜闌心裡也說不清楚，只是覺得不能冷眼旁觀她和華府一起傾覆。畢竟曾經的華淺不管是出於什麼心思，都差點為他命喪黃泉。

只是沒想到，華淺卻又自作主張地跑去請旨，把牧遙賜給他當側妃。牧遙哪裡是能當妾的性格？他也不願讓牧遙給他做妾。

由此說來，華淺當真是摸透了他的心思，所以才會把所有矛盾激化，逼他做出抉擇。

仲夜闌氣得都想揪她，問她知不知道自己不和離是為她好，為什麼就不能再等等，他早晚會還她自由之身，只是現在要用「晉王妃」的身分去等塵埃落定。

既是太后下的懿旨，那多說也無意義。仲夜闌只能先把牧遙以側妃之禮娶進門，沒想到封妃宴席上卻出事了。

華淺那個向來荒淫無度的哥哥又鬧事了，第一次看到牧遙朦朧的淚眼，仲夜闌一度是真的想殺了華深的。

一個紈褲子弟，他便是殺了，也能承擔後果。

可是看到擋在華深面前求情的華淺，仲夜闌還是退讓了。他想著廢了華深的手就好，而華淺卻還是一意孤行地護著那個紈褲。

她一直以來都喜歡做這種無聲的抵抗，直讓人心頭煩躁仲夜闌舉起了手裡的劍，終究被匆匆趕來的仲溪午攔下。

後來仲夜闌問了自己很多次，如果當時仲溪午沒有出現。那他真的會傷害華淺嗎？其實他自己也不清楚，更無法面對牧遙院子裡華淺的質問。

他是喜歡牧遙的，不只是因為小時候的守陵相陪，畢竟在華淺一開始冒充這個身分時，他還是忍不住對牧遙有了別的感情。

他喜歡牧遙，喜歡她不同於京城貴女的溫順淑良，喜歡她天生帶著的一種野氣，喜歡她無視階級把僕人當至親，喜歡第一次相遇時她騎在馬上、不亞於男兒郎的風姿……

他從未懷疑過這一點，可是現在的他卻迷糊了，之前在牧遙和華淺之間糾結，只是出於對毀了華淺清白的責任。而如今他們之間並無此層羈絆，為何他看到華淺哭……也會心疼？

自己的心意已是一團亂麻，他又發現了……仲溪午對華淺的不同。他擋在華淺身前的那個模樣，像極了在護著自己的所有物。

他們從小一起長大，對於這個弟弟的心思，仲夜闌向來十分清楚，之前沒往這方面想，只是因為仲溪午一直對華淺不冷不熱。不知道什麼時候他變了，或許是他掩飾得太好，導致仲夜闌也剛剛察覺。

可是他需要處理的事情太多，根本無暇再去管仲溪午對華淺生出的不明心思。關於牧遙之事，冷靜下來，他就想明白了其中不對勁的地方，而牧遙也未想過能瞞下他。

仲夜闌可以理解牧遙出於恨意對華深出手，也知道華深那個紈褲是罪有應得。可是看到華淺的眼淚後，他卻沒辦法裝作不知，繼續對華深狂追猛打，因為華深是她兄長。

所以他只能拖著，彷彿這就是最好的解決辦法。

而懸崖之上的兩抹身影，終於逼得仲夜闌做了選擇。他看到華淺哭會心疼、會難受，可是看到牧遙哭，卻想不惜一切代價殺了那個弄哭她的人，這就是區別。因感動而慢慢滋生的憐惜之情，終究在他發現了一直以來都是他自以為是地想護住華淺之時停止了。

在華淺最難過的時候，她想要的那個人並不是他，因為她從頭到尾根本就不需要他。

心裡雖然有些不舒坦，但仲夜闌還是坦然接受了這個事實，如同後來華淺告訴他的：「既然做了選擇，就不要再左搖右擺。」

他已經在兩個人之間徘徊太久了。

和離後，仲夜闌還是聽到了很多關於華淺的消息。一方面是他在刻意留意；另一方面是因為華淺一反之前的柔弱，追凶抓人均是雷霆手段，惹人側目。

仲夜闌才明白，自己真的不曾瞭解過她，一開始是他心裡裝著牧遙，下意識地不想去瞭解，後來是華淺不再想讓他去瞭解。

看她往皇宮裡跑得越發殷勤，仲溪午對她的態度也越來越不加掩飾，仲夜闌有些坐不住了。他本來不應該再管的，可是心裡是壓不住的擔憂。

仲夜闌瞭解撫養他長大的太后，規矩森嚴的貴族出身，太后是絕對不會允許華淺兄弟雙嫁的；同時他也瞭解仲溪午，雖然他的這個弟弟向來處事溫和有禮，但終究是坐在皇帝的位置上，又怎麼可能沒有些狠辣手段？

正如後來華淺身邊的侍衛事件，一個性子再溫和的皇帝，眼裡也容不得沙子。

而母子若是對上，最後的犧牲品就只會是華淺。

猶豫了很久的仲夜闌還是出手了，他當街攔下了華淺，然後言語中幾番暗示……皇宮不是屬於她的地方。

仲溪午知道此事後，對他的態度明顯冷了許多，仲夜闌便藉此把早就寫好的摺子遞了上去——晉升牧遙為正妃，這才打消了仲溪午的疑慮。

自仲夜闌成親以來，身邊的每件事和每個人似乎都在逼著他做抉擇，當他在樓上對華淺說了句「再見」之後，才覺得壓在心頭那塊沉甸甸的石頭，終於徹底地消失。

每個人處事都不可能十全十美，正如他一開始的徘徊不定，正如牧遙後來不安的設計試探……知了錯，方能改錯，還好他們餘生還長。

而所謂的愧疚之情、憐惜之情、恩情……愛情，哪裡能區分得清清楚楚呢？只是大家都還有更重要的人和更重要的事罷了。

洗鉛華 下

作　　者／七月荔
執 行 長／陳君平
榮譽發行人／黃鎮隆
協　　理／洪琇菁
總 編 輯／呂尚燁
執行編輯／陳昭燕
美術監製／沙雲佩
美術編輯／陳又荻
國際版權／黃令歡、梁名儀
企劃宣傳／楊玉如、施語宸、洪國瑋
文字校對／施亞蒨
內文排版／謝青秀

國家圖書館出版品預行編目資料

洗鉛華 / 七月荔作. -- 1 版. -- 臺北市：城邦文化事業股份有限公司尖端出版：英屬蓋曼群島商家庭傳媒股份有限公司城邦分公司尖端出版發行, 2022.07
冊； 公分
ISBN 978-626-338-041-7（下冊：平裝）

857.7　　111007778

出版／城邦文化事業股份有限公司　尖端出版
台北市 104 中山區民生東路二段 141 號 10 樓
電話：（02）2500-7600　傳真：（02）2500-2683
讀者服務信箱：7novels@mail2.spp.com.tw
發行／英屬蓋曼群島商家庭傳媒股份有限公司城邦分公司　尖端出版
台北市 104 中山區民生東路二段 141 號 10 樓
電話：（02）2500-7600　傳真：（02）2500-1979
劃撥專線：（03）312-4212
戶名：英屬蓋曼群島商家庭傳媒（股）公司城邦分公司
劃撥帳號：50003021
※ 劃撥金額未滿 500 元，請加付掛號郵資 50 元
法律顧問／王子文律師　元禾法律事務所　台北市羅斯福路三段 37 號 15 樓

台灣地區總經銷／中彰投以北（含宜花東）　楨彥有限公司
電話：（02）8919-3369　　傳真：（02）8914-5524
雲嘉以南　威信圖書有限公司
（嘉義公司）電話：（05）233-3852　　傳真：（05）233-3863
（高雄公司）電話：（07）373-0079　　傳真：（07）373-0087
馬新地區總經銷／城邦（馬新）出版集團 Cite（M）Sdn Bhd
電話：603-9057-8822　　傳真：603-9057-6622
E-mail：cite@cite.com.my
香港地區總經銷／城邦（香港）出版集團 Cite（H.K.）Publishing Group Limited
電話：852-2508-6231　　傳真：852-2578-9337
E-mail：hkcite@biznetvigator.com

版　次／2022 年 7 月 1 版 1 刷　Printed in Taiwan